妖説地獄谷

上巻

高木彬光

春陽堂書店

目次

妖説地獄谷　上巻

女体千両

1

京ならば、花に浮かれた雌狐《めぎつね》も公達《きんだち》に化けて出そうな夜であった。

かさをかぶった十六夜の月が、おぼろにかすんで浮いた中空から吹きよせてくるそよ風も、処女の息と思われるばかりなまめかしく、やわらかに人の肌身を包んでくる。

この江戸では、狐は女に化けるだろう。

色白の濃艶《のうえん》な、見目うるわしい女に人の姿をかりて、男の心をたぶらかし、歌麿《うたまろ》描く浮世絵から抜け出たような色若衆と、一夜の夢をともに結ぼうとするかもしれぬ。

早乙女主計《さおとめかずえ》はそう思った。

それだけに、その想像にこたえるように、自分の行く手のやみの中から、美しい一人の女が現れたときには、思わずはっと目をみはった。

武家の娘か、妻女かと、見ればその姿はあまりにもあでやかすぎる。といって、ただの町家の娘かと見れば、決してそうでもない。

夜目にもしるく、色白のうりざね顔の美貌《びぼう》であった。贅《ぜい》を凝らした振《ふ》り袖《そで》の、黒地に大きな緋牡丹《ひぼたん》の模様がやみに浮いて見える。そして、腰には一ふりの朱鞘《しゅざや》の太刀の落としざし。

あまりにも大胆な身なりである。

時は天保《てんぽう》十三年、三月十六日の夜であった。

庶政改革、幕政刷新を目ざして立った老中水野越前守《みずのえちぜんのかみ》は、退廃奢侈《たいはいしゃし》を禁じて、国内に厳しい緊縮令を敷いていた。

世にこれを、天保の改革という。

女に髪の飾りを禁じ、町人に絹物を身につけることを許さず、厠《かわや》の戸さえ下半分で足りるとした。この政治は、人心の機微に反して、しょせん行わるべくもなかったのである。

だが、その法を破るとしても、それは人目を忍んでだった。だれにも知れぬようにしてのことである。

江戸の町には、鬼より怖いとうたわれた水野越前の腹心、鳥居甲斐守《とりいかいのかみ》が、八百八町の隅々まで、鋭い視線を走らせていた。

夜といっても、この女の蔵前風に結いあげた髪の中には、ご禁制の金かんざしが光っている。

その身につけた衣装も、決して許せるはずのものではなかった。

しかも、暗夜にただ一人、提燈《ちょうちん》もつけずに歩いている……。

それだけならば、まだしもだった。

女の身には、不思議なほどの、近づく者の心に迫る殺気が満ちているではないか。一刀を抱いて腕に覚えの剣客が、相手を斬るか、斬られるか、命をかけた決闘の場に臨もうとする気迫にも似た、氷のような凄気《せいき》であった。

――やるな、この女はただ者ではないぞ。

主計はとっさに感じていた。三百年の泰平を謳歌《おうか》しつくした江戸の末、爛熟《らんじゅく》が極まりきって、ともすれば退廃に流れんとした世のことである。八千石の旗本の次男坊に生まれ、当時、江戸でも名うての剣客、斎藤弥九郎《さいとうやくろう》の門に入って、神道無念流の奥義を極め、小天狗《こてんぐ》といわれたほどの腕を持ちながら、その技も終生無用の長物かと、嘆じきっていた彼であった。

普通の人間ならば、気づかずにそのまま通り過ぎたであろう。だが、わずか毛ほどの殺気でさえも、心眼に感じないような彼ではなかった。

2

「お女中、待たれい」

そのままそばを通り過ぎようとした女に、主計は声をかけた。

なにかぎくりとしたらしい。だが、三十に満たない彼の若さと、女形《おやま》のような美貌とに、その警戒もゆるんだのか、女はにっこりほほえんでいた。

「あの、わたくしになんぞご用でございますか」

「いかにも。この夜ふけ、ことにうら若い女の身で、いずれからいずれへ行かれる」

「ほほほ……これはまた、いらぬおせっかいと申すもの。わたくしが、どこへ行こうと、どこから来ようと、大きなお世話。天下の公道を通りますのに、なんの遠慮がいりましょう」

「ははは……よい、よい。どこへなりとも行くがよい。おてまえのいでたちがあまり不思議に見えたので、ちょっとことばをかけたまで……。

だが、お女中、お気をつけられよ。おてまえには、剣難の相がありあり見えている。ご油断なされては、今宵《こよい》にもその一命が……」

「剣難の相……」

女の眉《まゆ》はぴりりと動いた。それは、さながら、馥郁《ふくいく》とやみ夜ににおう白百合《しらゆり》だった。

「剣難の相だって。笑わしちゃあいけないよ。おまえさんは人相見かい。こう見えても、腰に一本ぶちこんだ長脇差《ながどす》は、だてに差しちゃあいないんだよ。身にかかる火の粉は払って通るまで……これでも、人魚のお富さんていやあ、ちっとは売れた顔なんだ。人の出がけに、あんまりけちをつけると承知しないよ……」

がらりと変わる鉄火な口のきき方だった。

「ほう、人魚のお富。二つ名のある女なのか。それならば、自分一人の身を守るぐらいのことは心得ているでもあろう。では、気をつけて参るがよい……」

主計は静かにやみの中へと姿を消した。

「剣難だってさ、くわばら、くわばら。今夜の勝負にゃあ、とんださいさき悪い辻占《つじうら》だね……」

女は低くつぶやいていた。

武芸修業はそっちのけ、遊芸のけいこや、銭勘定を日ごろの業と考えている旗本の次男、三男の部屋住みたちとはだいぶ毛色の違っていた主計がこの名を知らなかったのも無理ないが、人魚のお富といえば、当時、江戸でも名うての女侠客《おんなきょうかく》であった。その前身も、年齢も、だれ一人知る者さえもなかったが、腕はよし、気性はよし、たちまち女を売り出して、その濃艶な、欠点ひとつ探せない美しさと、ぴちぴちとしたつややかにはりきった肉体の魅力から、人魚でも食ったのではないかといわれて、いつの間にか、人呼んで、人魚のお富。自分でもそれを自慢の呼び名であった。

この女なら、ご法度ぐらいは平気で破りもするだろう。剣難の相ぐらい、毎日のように出ていることだろう。

だが、今晩のお富は、たしかにいつもと違っていた。なにかしら、心に思いつめている様子であった。

ひたひたと、それから四、五町、暗い夜道を急いで行くと、ぱっと明るい通りへ出た。取り締まりを恐れて、音を低めた三味線小唄《こうた》の流れてくるここ深川の門前仲町。お富の足は、亀清《かめせい》という料理屋の前で、ぴたりと止まった。

二、三度あたりを見まわして、やがてその姿は大玄関へ吸い込まれていった。

3

亀清の奥座敷、三十畳の大広間では、この土地の顔役、不動の権次がみずから出張って、大きな鉄火場を開帳していた。

ひとかどの貸元、やくざが、ずらりと盆ござの前に顔を並べて、天一地六の骰子《さいころ》の動きを血走った目で見つめている。それだけに、むっとする人いきれの中にも、ふだんの素人客を相手の時とは違ったすさまじい凄気が、その座にみなぎっていた。

真新しい白帯ひとつ、くりから紋々の壺《つぼ》ふりが、なれた手で壺を振るたびに、数百両の小判が右から左へ動く。

勝つも負けるも時の運とはいいながら、さすがに人々は必死であった。

いや、日ごろの貫禄《かんろく》を失うまいと、顔に出さないように努めてはいるのだが、今夜はふしぎに場が荒れている。吐き出す息も大きかった。

「こんばんは。あたしもお仲間入りをさしてもらいますよ」

「おや、お富姐《ねえ》さんかい。今晩はえらく遅いな。おめかしに手間がとれたのかい」

にっこりほほえんで、お富は盆ござの前に座った。どうしても、あすまでに作って帰らねばならぬ金……今夜はお富もあせっていた。

「おあと百両、八十両、七十両。さあ、丁に七十両、六十五両、五十両。さあ、もうないか」

「丁に五十両」

さっと投げ出した切《き》り餅《もち》二つ、一座の人も思わず顔をのぞき見たほどのお富の度胸。

「――勝負」

すばやく壺ふりの手が走って、ころころと転がって出た骰子の目は半であった。

お富はきりりと唇をかんだ。

ふたたび丁に三十両、三たび丁の目に二十両。三度とも骰子《さい》の目は半と出た。

血の出るような思いで工面した元手の金は空だった。といって、このまま帰るに帰られず……。

鉄火場の金の借り貸しは、証文ひとつ交わすでない。しかし、その約束を果たさぬときは、命をとられても文句はいえぬやくざ仲間の掟《おきて》がある。それを承知で借りた金も、ついに一度も芽を吹かなかった。

「さあ、このかんざしを取っとくれ……」

それもだめ。お富は必死になっていた。さらさらと西陣の帯を解き、するすると振り袖をその体から滑らせた。

「これで勝負をしようじゃないか」

だが、この夜はよくよく勝負の運に見放されたものとみえる。最後の一枚まで脱ぎ捨てても、骰子の目はお富にほほえもうとはしなかった。

いまはお富は裸身であった。燃えるような赤い湯文字が、その身に残されたすべてであった。興奮のためぼーっと桜色に上気した上半身を人目の前にさらけ出しながら、お富はもう恥ずかしささえ忘れていた。絵に描いたようなやわらかな起伏を示す胸から腹の肉の流れは、その名の示す人魚のような美しさ。ふっくらとした両の乳房に、べっとり汗がにじんでいた。

「さあ、この体で千両かけようじゃないか」

「お富さん、おまえさん、どうかしてるぜ。きょうは負け運がこんでるんだ。よしてまた出直しねえよ」

人々はさすがに見るにたえかねていた。だが、お富は後へ引こうとしない。

「人魚のお富さんが、体を張って一世一代の大博奕《おおばくち》を打とうてんのに、千両の金はほんの目くされ金じゃないか。さあ、だれか相手になろうって方はありませんかえ……」

4

千両の金に体をかける……こういいだした人魚のお富の気迫には、人間一人の命など毛ほどの価値も感じていない貸元たちも、あっけにとられた。

しばらくは、冷たい静けさが座に満ちて、声ひとつ立てようとする者もなかった。

いくら盆ござの上のやりとりといえ、千両という金は、ちょっとやそっとの金ではない。十両盗めば、笠《かさ》の台さえ飛ぶという……。

荒れた大きな勝負にはいつも慣れきった貸元たちも、たがいに顔を見合わせたまま、一座はみるみる白けきった。

「お富さん、おまえさんともしたことが、きょうはずいぶんあせってるぜ。よしにしねえ。今夜は、向こうで一杯やって、また日を改めて出直したら……」

見るに見かねて、不動の権次がいいだしたが、お富は強くかぶりを振った。

「不動の親分、そうまでいってくれるおまえさんの気持ちはわからないでもないけれど、こうといっぺん思いたったら、後へ引けないあたしの気性……止めだてしないでおくんなさいな」

「そうか。そうまでいうのなら……」

「さあ、千両、たった千両だよ。人魚のお富の体をかけて、勝負をしようというのはいないか……」

甲高いつんざくような女の声に答えて、

「その相手、おれがなろう」

と、部屋に入ってきた男があった。

身なりはどこか大店《おおだな》の旦那《だんな》と見えた。渋い紬《つむぎ》の袷《あわせ》に角帯、古渡り珊瑚《さんご》の五分玉が腰のあたりに光っている。

年のころは四十五、六か、浅黒い骨ばった顔に、らんらんと両眼が炎のように輝く……。

居並ぶ親分、貸元たちを前にまわして、一歩も動ずる色を見せぬこの面構えも、決してただの商人だとは思われない。

男は、人々をかき分けて、お富の前にぴたりと座った。

「人魚のお富さんとやら。せっかくおまえさんがそのおきれいな体をかけて一世一代の勝負をしたいとおっしゃるのに、相手がなくて博奕にならないとあっては、おまえさんもさだめし心残りだろう。通りかかった廊下先で今の話を漏れ聞いて、こいつあなかなか面白いと、呼ばれもせぬに飛び出したが……お富さん、おれを相手じゃ、まんざら不足はねえだろうな……」

「どこのどなたか知れませんが、千両箱をいま目の前に並べられたら、人魚のお富も、一つしかない体をかけての大博奕、乗るかそるかの一六勝負……」

「おれが勝ったら、その体、一寸だめし五分だめし、切り刻んでも子細はないな」

「人魚の刺し身でもなますでも、勝手につくって召し上がれ。切って赤い血が出ないようなら……」

「お代はいただきませんというのか。それ、その千両箱、こっちへ担ぎ込んでこい」

さっと障子が大きく開いて、供の者と見える二人の若い男が、つり台にのせた千両箱を担ぎ込んだ。

「さあ、このとおり、一箱を目の前に並べてみせた。この上は、お富さん、なんの異存もねえだろうな……」

5

なんといっても不思議な男といわねばなるまい。女一人の代価として千両箱を投げ出すのなら、まんざら例のないことではない。だが、このように、盆ござの上では百戦練磨の生涯を経てきた本職の商売人をしりめに見て、これほど器用に千両箱を投げ出すとは。

相手の正体がつかめぬだけに、お富はなにか肌寒い恐ろしさを感じた……。

一座の人々は、まばたきもせず、二人の顔を穴の開くほど見つめている。

しわぶきひとつする者はなかった。だから、この時、いつの間に現れたのか人々の後ろの柱にもたれて立つ若い男に気がついたのは、一人もなかったといってよい。

苦み走った男前、やくざに崩した髪かたち、青い月代《さかやき》のなまめかしさと、頬《ほお》に浮かんだ片えくぼとは、女の心を不思議にひくような魅力がある。

渋い紺微塵《こんみじん》の袷《あわせ》を着て、襟のあたりから左手を出して、かるく顎《あご》をばなでていた。

胸のあたりに金色の肌守の鎖がちらりちらりと光って、二の腕と胸のあたりに、時おり、青黒い地色の中に朱の色も鮮やかな桜の入れ墨がうかがわれた。

千両箱が担ぎ込まれたときである。この男の両眼に、鋭い光、烈火の気合いがひらめいたのを、見とった者はあったろうか。

だが、彼は何もいわない。動こうともしない……。

それに比べて、盆ござの上は殺気をはらんでいた。あらしの前の静けさだった。

「丁に体を――」

と、人魚のお富。

「半に千両――」

と、男が応じた。

思いがけないこの大勝負に、壺ふりの男もべっとり汗ばんでいた。壺にかけたその右手の指が、かすかに震えている……。

——南無《なむ》観世音大菩薩《だいぼさつ》、どうかわたしの悲願を守って、この勝負に勝たせてくださいまし。そのお礼には、どんなことでも……。

お富は心に念じていた。

「さあ、行きますぜ——」

うわずったような壺ふりの声であった。その手がさっと盆ござの上を動いて、ころころと出た骰子《さい》の目は丁であった。

おーっ。

わけのわからぬ喚声が、そのせつな、人々の口からほとばしり出たのだった。お富の勝ちを喜んでいる同情の心からとも、この美女がこれからどんな目にあうか心ひそかに待ち受けていた好奇心が満たされなかった失望のためともいえる。

お富は涙ぐんでいた。物心ついてから、人に泣くのを見せなかったその勝ち気な切れ長の二つの目から、とめどもなく、澎湃《ほうはい》とわき上がってくる涙であった。

だが、千両箱を賭《か》けた勝負にみすみす勝ちを逸したのに、この男は顔色ひとつ変えなかった。

いや、口もとに不敵な微笑を浮かべてさえいたのだった。

「お富さんとやら、今夜は勝ちは譲ったが、その体には、どうやらこちらも未練が残る。いま一度お目にかかる日もあろうから、その時は用心なさるがいいぜ」

「ほほほ……これはご念の入ったご挨拶《あいさつ》、どうもおかげで助かりました。では、いずれ、機会があったらお目にかかるといたしましょうか――」

男は、何も答えずに、すっくとその座を立ち上がった。

6

男はそのまま亀清の長い廊下を歩いていく。右に折れ、左に折れて、その先は庭深く、広い泉水を前にのぞんだ離れの八畳。

竹の太い床柱を背に、一人の武士が座っていた。黒紋付きの羽織袴《はおりはかま》、ただ、その顔は深く黒覆面に包まれて、うかがうすべもなかったのだ。

だが、この身なり、大小印籠《いんろう》のこしらえを見ても、いや、その全身にみなぎっているいやしからざる人品を見ても、相当の大身の忍び姿とすぐに知れた。

「御前、申しわけもござりませぬ」

男は、その武士の前に、丁寧に両手をついた。

「八兵衛《はちべえ》、なんじゃ、そのほうともあろうものが、女に後れをとったと申すか。ほほう、さては、そのほう、人魚のお富の裸を見て、頭がぼっといたしおったな」

手にした白扇をぱちりと鳴らして、その武士は別にあわてた様子もない。

「決してそんな……そんなわけではございませんが……なにしろ、この道は、いくら年季を入れましても、ときに狂いがございますので」

「もういい、もういいわ。千両ぐらいのはした金、あの女に恩を売ったと思えば安いものじゃ……なんといっても、秘密の鍵《かぎ》を握るただ一人の女……ほかの者の手に渡さなかったと考えればそれですむこと。八兵衛、あまり心配せぬがいいぞ」

「はっ、恐れ入ります。御前にそのようにおっしゃられては、八兵衛、穴があったら入りたいくらい……しかし、御前、あの女を、ああして自由に江戸の町を横行させていいものでございますか」

「ほほう。あわてずともよい。網は次第に絞っていく。呑舟《どんしゅう》の魚は、そう簡単にはつかまらぬもの。いずれはあの女もわが手の中に。すべては考慮に入れての上じゃ……」

「でも、御前、あの女は、今夜はひどく勝負にあせっておりました。よくよく思いつめたもの。体をかけても、大金を手にして帰らねばならぬとは……それでも子細はございませんか」

「今夜は、八兵衛ともあろう者が、えらく取り乱しているではないか。博奕《ばくち》で千両負けたくらいで、あわてふためく手はないぞ。八兵衛、耳を貸せ」

「はい」

何をその耳にささやかれたか、大胆不敵なこの男が、顔色を変えて、のけぞるばかりに飛びじさった。

「鳥居の御前、それでは……」

「しっ、声が高いぞ」

鳥居――といえば、思い出す名がないでもない。老中水野越前の懐刀とうたわれた当時の江戸南町奉行、鳥居耀蔵甲斐守《とりいようぞうかいのかみ》、一代の奸才《かんさい》といわれたほどの曲者《くせもの》である。北町奉行、遠山左衛門尉《とおやまさえもんのじょう》と相対して、江戸の治政を一手に握り、剃刀《かみそり》のような鋭い切れ味を示して恐れられ、泣く子もだまるといわれた男。さては、この黒頭巾《くろずきん》こそ、今をときめく町奉行の世を忍ぼうとする仮の姿か……。

だが、そのやみを見通す鋭い目も、いつかその座敷の外にひそんでいた一人の男の姿だけは捕らえるすべもなかったものか。それはたしかに、先刻まであの鉄火場で、八兵衛とお富の勝負を見守っていた桜の入れ墨を彫った男にちがいなかった。

7

「さあ、駕籠屋《かごや》さん、急いでやっておくんなさいよ」

千両の金を握ったお富の心は軽かった。

手放した衣装もふたたび買いもどし、借りた元手を返しても、まだ八百両という金が手元に残っている。これさえあれば、今夜の用事には十分事を欠かなかった。

お邪魔しましたと、女中にも分厚い祝儀の一包み、さして行く手は日本橋。

だが、待てしばし、お富よ、おまえはあせっていないか。思いがけない最後の勝ちの鮮やかさに、男まさりのその心も、ちとうわついていはしないか。

夜道をかけて、護衛もなく八百両という大金を運んでいく。しかも、先ほど黒覆面の侍がいったことばが真実なら、その身には千両の大金もはした金だと思われるほど大きな秘密が秘められているというのに……。

風が出てきたようである。むらむらとわき上がってきた一陣の黒雲がかすんだ月を覆い隠して、道はちょうど深川木場を間近に見る五百坪ほどある空き地の中を……。

お富は、ふと、前からひたひたと迫ってくる十数人の足音を聞いた。しかも、烏合《うごう》の勢の足どりでなく、身ごしらえも厳重に、必殺の気合いをこめた足どりのよう……。

お富はなにか心に不安を感じた。

あの侍がいったように、自分に剣難の相が出ているとしたならば……自分の体に未練を持ったあの不思議な男はなんといったか……。

といって、引き返すだけの余裕もあらばこそ、たちまち前からばらばらと駕籠を包んで迫ってきた十数名の黒い人影――

先頭に立つ白紋付きの武士が、懐手にせせら笑うような一声をかけた。

「うわあーっ、人殺し……」

叫びを上げて逃げ出そうとした駕籠かきに、一団の中から飛び出た武士の抜き討ち。

見る間に、倒れた二人の体が、とんとんと地上を泳いで、お富の前へ。

「何をするんだね、おまえさんたち。あたしをだれだと思ってるんだい。ひと間違いをおしじゃないよ」

夜のやみに、火花を散らすお富の啖呵《たんか》。

「だれとも思わぬ。人魚のお富の道行きと知って、こうして待ち受けた」

氷のような冷たいものが、思わずお富の背筋を走る。

「それで、いったい、あたしをどうしようっておいいだい……」

「おとなしく、痛い目を見ぬうちに、われわれと一緒についてまいれ、その駕籠の中の男とともどもに……」

駕籠の中の男とは！　それでは、この武士たちは、駕籠の中身を知らないのか。そんならば、決してさっきの男の一味ではないはずだが……。

「女、待て」

「冗談も休み休みいうもんだよ。人魚のお富にちがいないが、男なんかはいやしない。さあ、どっちからでもやって来やがれ」

万一のことを恐れて、自分だけ駕籠わきについていたのがよかったのだ。

女物ながら、身に帯びていた細川国広鍛えの業物、やみに鋭く一閃《いっせん》する。

「抜いたな。それ――」

白紋付きの号令一下、たちまち四方に抜き放たれた十数本の太刀風が、じわりじわりと剣陣をなし、つめたくお富の身に近づく。

8

早乙女主計にとって、その夜は不思議な一夜だったといえる。

人魚のお富のあのことばは、彼の胸になにかほろ苦い後味を残していた。

なに、二つ名のある女など……殺気も帯びているであろう。剣難の相ぐらい、至極ありふれたことだろう。

そう考えて、忘れようとはしてみたものの、この女の姿は、主計の心の中に、不思議に強く焼きつけられて離れもしない。

だが、この夜、目に見えぬ運命の糸は、ふたたび彼をお富と結びつけた。

女と別れてしばらく足を進めていた彼の前に、傍らの路地の中から、とんとんと泳いで宙によろめいてきた男があった。

道中合羽《どうちゅうがっぱ》に脚絆草鞋《きゃはんわらじ》と、旅装束のこしらえで、しかも大きくあえいでいる……。

「お武家さま、お武家さま……」

男は、地面に倒れて、苦しそうな吐息をつきながら、主計に呼びかけていたのであった。

「どうした。しっかりせい……」

「深川の亀清という料理屋は……どちらでございますか……」

「ここをしばらく行ったところで、大榎《おおえのき》の下の道を左に折れると……おや、そのほうだいぶ手傷を負っているではないか」

この男が苦しんでいたのもまさに道理であった。左の肩からべっとりと、どろりとした血が流れている……合羽の肩先が鋭く斜め一文字に切り裂かれて、なおもそこから滾々《こんこん》と赤黒い血が流れ出ている。

「残念……せっかくここまで来ておいて、その亀清へ、亀清へ、お連れなすってくださりませ」

「うん、連れてってもやろう。だが、この傷では、まず医者に手当をさせて、その上で……」

「そんな、そんなことでは間に合わねえ……どうしても、そこで会わねばならねえ人が……一刻も猶予のならねえ場合なんだ」

「その会いたい相手と申すのは……」

「人魚のお富……という女……」

「なに、人魚のお富と申す女か……」

今夜ふたたび、その耳にする名であった。

「お武家さま、あなたはその女をご存じでございますか……」

「うん……少しばかり存じておるが……」

「お願い。あっしの髪の中に……小さな銅の板が隠してある……それをあの女に渡して……だれにもこのことはいわねえで……」

「…………」

「息が切れる。おれはもうだめ……もうこの命は助かるめえ……旦那、お願い、お願いしやすぜ」

いまは断末魔の迫った息……善にもあれ、悪にもあれ、死にいく者の頼みとあっては、断りきれる主計でなかった。

「安心せい。そのほうの頼み、早乙女主計、命にかけても引き受けた。余人に事は漏らしはせぬ……」

やみに響いた金打《きんちょう》の音に、男はかすかな笑みを口もとに……。

「ありがてえ。それから、もう一つ、お富さんへ……」

「なんだ。早く申せよ」

「地獄……地獄……松……松江……」

「これ、気をしっかり持て、傷は浅いぞ。これ……」

揺すぶり続ける主計の手の下で、男はむなしく最後の息をひきとっていた。

9

腕に覚えの剣法といっても、しょせんは女の太刀である。我流の剣に度胸半分、やくざの剣ならともかくも、十数名の武士を相手に回しては、到底勝ちはおぼつかなかった。だが、相手は、お富を傷つけるのを避けるように、右が進めば左がひき、前に突いて出ればまた後ろと、終始乱れぬ一陣の剣陣を敷いて、お富を懸命に疲れさせようとしているのだった。

のども渇く。目も血走る。肌にはべっとり滝の汗……。

お富は観念の目を閉じようとした。

その時、そのせつなである、早乙女主計が愛刀相州国広の目釘《めくぎ》をしめして、忽然《こつぜん》とこの場に現れたのは……。

「人魚のお富どのとやら、これでも剣難の相はないと申すか……」

「ああ、あなたは……」

すがりつくように見上げたお富の目に、主計は静かにほほえんでいた。

「どこのお方か存じはせぬが、夜中多勢で一人の女に切りかかるとはちと理不尽と申すもの。義によって、早乙女主計、助太刀いたす」

「若僧、大きく出たな。とめだてすると、そっちからたたっ斬るぞ。新刀ながら長曾禰《ながそね》虎徹《こてつ》、人の血を見とうて見とうて、うずうず夜泣きをしていたところだ。来い……」

白紋付きの浪人が振りかぶっての大上段。主計はお富を背にかばって、真青眼の構えだった。

いつの間にか、八百両をのせた駕籠は、このすきに、二人の武士にかつぎ上げられ、やみの中へと消えようとする。

それを知りつつ、主計もお富も、それを止める余裕がなかった。

だが、その時、ぴりぴりっとやみをつんざく呼び子の音！　御用、御用と呼ばわる声。

白紋付きは舌打ちした。

「ちぇっ、よけいなところで邪魔が入った。おい、早乙女主計とかいうわけえの、首はしばらく預けてやる。お富、また出直してお目にかかるぜ。それ、いけ……」

たちまち一団は身を翻し、やみに消え、その跡へ殺到してきた捕り手の一隊。

駕籠も逃げるに邪魔と見たのか、ふたたびその場に投げ出されて、中の金には異状もなかった。

刀をしずかに鞘に納めて、主計はしいて浪人たちの跡を追おうともしなかった。何よりも、この人魚のお富と名のる女に、不思議な興味を感じていたから……。

あの後で、自身番に男の死体を検分させて、いろいろ後の始末をつけ、亀清を訪れてお富の様子を尋ねたときは一足違いでお富の出たあと、事の子細を聞かされて、女の足ではまだ遠くへは行くまいと追ってきたのが、この邂逅《かいこう》の原因である。

「お富さん。怪我《けが》はねえかい」

捕り手の先頭に立って、朱房の十手を握っていた四十二、三の目明かしが声をかけた。深川八幡《ふかがわはちまん》のあたり一帯を縄張りとする、当時でも名うての捕り物名人、隼銀次《はやぶさぎんじ》、お富とはかねて見知った仲である。

「おかげさまで、親分さんは……」

「この先の山城屋へまぼろし小僧が忍び込んだと知らせを聞いて、いま駆けつける途中だが、妙なところで落ちあって、おまえさんの急を助けることになろうたあ、おれもちっとも思わなかったよ……」

まぼろし小僧といえば、その名は人も知る。当時好んで、大名屋敷、豪商の店を襲って、盗みはすれど非道はせず、盗んだ金はそのまま人に施して、義賊といわれた怪盗だった。神出鬼没の早業で、だれ一人、いまだにその正体を見た者はない……いつの間にか、江戸の民衆は、まぼろし小僧と名をつけて、腐敗しきった支配階級の狼狽《ろうばい》に、ひそかに快哉《かいさい》を叫んでいた。

10

「お富、悪いことは申さぬぞ。そのほうの秘密を、わしに打ち明けてみないか。今夜の出来事から判断しても、そのほうの身を包む秘密はひとかたならぬものと見た。早乙女主計、力になろうが、腹を割って相談してはくれないか」

春の夜のかすみの中を駕籠が行く。それに従う二つの人影、主計とお富の二人であった。

「主計さま、そのお心はありがとう存じますが、わたしにはかねて一つの悲願があって、その達せられます暁まで、どなたにも打ち明けたお話はできないのでございます」

「そうか。いわぬというなら聞くまいが、さっきのことの後だから、そのほうの家まで無事に送ってやろう」

なんとなく、主計は別れを惜しまれた。

「でも、わたくしは今夜のうちにこの駕籠の中の金を日本橋まで届けねば……」

「それではそちらへ送ってやろう。いや、とんだ送り狼《おおかみ》になったのう」

女はなんとも答えなかった。


足を速めて二人は行く。所は石町一丁目、古物商、海津屋という店先だった。

「ここでございます」

「こんな遅くに……」

けげんそうな主計の視線をよそに、女はどんどんと店の固く閉ざした大戸をたたいた。

「もし、海津屋さん、あたしです。お富ですよ。約束のお金を持ってきましたから、さあ、早く表を開けておくんなさいな」

待てどたたけど答えはない。お富は次第にいらだってきた。

「出直して、朝来た方がよくはないか」

主計のことばに、お富は強くかぶりを振った。

「いいえ、一刻も早く、あの品物を取り返しませんと……」

「それでは、みどもが見てきてやろう。ちょっとこれにて待つがよい」

いよいよ高まる好奇心から、主計は横の狭い小路へ身を入れた。だが、裏へ回ると、横手の木戸が歯の抜けたように一枚大きく開いている。しかも、ぷーんと、鼻をついてくるものすごい生血のにおいがあったのだ……。

――これはただごとではないぞ。

主計はとっさに感じていた。身構えて一歩踏み込む。やみに目の慣れるのを待って、手探りに行燈《あんどん》を探して灯をつけてみれば――

部屋の中は、一面の血の池であった。床の前に、寝巻きを着た六十五、六の主人と見える老人がつっぷしている。左の肩からけさ斬りに斬り下げた太刀は、よほどの使い手の業と見えた。次の間の布団の中に、女房らしい女が、これも全身、朱《あけ》にまみれて、店には小僧が一人、みごとにとどめを刺されていた。

「うーむ」

主計は手をこまねいて嘆息した。外では、どんどんと、お富が雨戸をたたく音。それをよそに、主計の目は射るように床の白壁にそそがれていた。血を何かにひたして書いた「まぼろし小僧」という六文字に……。

死人の銭

1

その翌朝、乳のように濃いどんよりとした朝霧を縫って、早乙女主計《さおとめかずえ》は四谷の家へと道を急いだ。

思えば、地獄の底へでも引きずりこまれていくような恐ろしい悪夢にも似た一夜であった。

あの男の断末魔の血を吐くような悲痛な声が、今も耳にかすかに残っている。海津屋の店で、血潮に染んで倒れていた三人の死体が、あざやかに目の前に浮かび上がってくるのだった。

だが、まぼろし小僧という男は、賊ながら義賊といわれる男だけに、これまで一度も、人の命をあやめたことはなかったのに……。

血迷ったのか。それとも、また、三人の命を絶っても、なお手に入れねばならない貴重な財宝が、あの家に隠されておったのか。

主計は知らぬ。何も知らない。

ただ、この女、人魚のお富を包むなぞと秘密がひとところのものでないことだけは、薄々想像がつくのだった。

不思議な女。行くところ剣風を呼び、血の雨を降らせずにはおられないなぞの女。

——ええい、しょせん女やくざの一人ではないか。美しいといっても、やはり野におけ蓮華草《れんげそう》。野性の美にすぎぬではないか。

そうは心に思いながら、主計にはほろ苦い感傷をどうすることもできなかった。霧の中から、その美しい顔と微笑が、幻のように浮かんでくるような、そんな気がしてならなかった。

——これが恋かな。おまえはどうかしているぞ。

と、主計は唇の端に苦笑をかみつぶした。

あれから、事も捨ておけず、自身番に急を知らせて、上を下への騒ぎとなった。こうなると、主計は武家だけによかったが、お富はそのなりがいけなかった。

ご禁制の衣装、金かんざしが同心与力の目にふれて、到底ただはすまなかった。お富がなんのため八百両の大金を抱いて深夜この海津屋を訪れたか——女は一言も語らなかった。だが、何か大きな事件の鍵《かぎ》を握っているとにらんだ場合、ほかの小さな理由を口実に捕縛するのは、暗黒政治の常套手段《じょうとうしゅだん》である。

お宿は番屋預かりとなった。

かわいそうに——と主計は思う。だが、振《ふ》り袖《そで》の寸法がわずか二、三寸長かったというだけで、入牢《じゅろう》を命じられ、発狂して死んだ女もある。金煙管《きんぎせる》を身につけていたという理由によって、財産没収、江戸払いになった町人もいる。それも、決して、一つや二つの、わずかな例ではなかったのだ。

これではいけない。このように罪人を作ろうとするのは、真の政治ではない。このようにしている間にも、悪の大魚は、堂々と網を逃れて、大手を振って、天下を横行しているではないか……一挙にして、悪の根を絶ち、枝葉を枯らす、何か手段はないものか……。

いつも主計はそう感じた。若々しい青春の血をたぎらせて、ひそかな義憤を漏らしていたのだ。

だが、けさの彼には、そうした天下の大事よりも、一人の女、人魚のお富の運命の方が、いっそう重く心にのしかかっていたといえる。

その時、重い心を抱きつつ歩みを運ぶ主計の後ろで、

「もし、お武家さま……」

と呼びかけた一人の女があったのだ。

2

女……といえばたしかに女にちがいない。だが、そのなりは、いったいどうしたことだろう。髪は乱れ、何年も櫛《くし》けずらないようだった。そのうえ百舌鳥《もず》の巣のようにもじゃもじゃと乱れているのだ。顔はまた、烏《からす》のような黒さであった。顔色が黒ずんでいるのか、垢《あか》に汚れているものかわからぬような色なのである。年もいくつかわからない。七十八十の老婆とも、三十前後の年増《としま》とも思えるような女である。そして、その身にまとう汚れた着物は、海藻《かいそう》に似たぼろであった。

「なんだ、みどもに何か用か……」

物乞《ものご》いのたぐいとは思いながら、主計はきっと身構えた。

何かは知らず、女の示す異様に鋭い目の光が、彼の心を打ったのである。

「お武家さま……おぬしには恐ろしい血のにおいがいたしますわねえ……」

ねっとりと、総身にまとわりつくような、鳥にも似たしわがれ声……。

「ばかな。何を申すか……」

「いや、わたくしの申すことに違いのあるはずはございますまい……おぬしには、昨夜から、恐ろしいのろいがついておりますぞよ」

「きさま、気でも狂ったのか……」

そういうものの、主計はやはり笑えなかった。何かぎくりと胸を貫く冷たいものがあったのだ。

「ふふふ……。思い当たることがありましょうがな。このばばあは、天地の間のものはみな、手の上のものを指さすように知っている。昨夜、おぬしは女に会われた。剣に命をおびやかされた。そしてまた、四人の死人に会われたはず……さあ、わたくしのいうことに、よもや狂いはありますまいが……」

「ばばあ、おまえもただ者ではあるまいな。それだけ過去がわかるなら、拙者の未来がわかると申すか……」

主計は一歩踏み出して尋ねた。

「わかるとも。おぬしを待つのは、血の雨、火の海、剣の山、鬼の羅刹《らせつ》の群れなのじゃ。……落ちていくのは生き地獄……思えば哀れなお人じゃな」

舌三寸に六尺ゆたかなこの武士を翻弄《ほんろう》するかと見えるほど、悪意のこもったことばである。しかし、主計は動じなかった。

「面白い……血の雨、火の海、剣の山も、なんの恐るるところもない。悪鬼外道がいかにたたりをなしたとて、腕に覚えの国広で斬り捨て踏み破って通るまで。女、さらばじゃ」

小粒をきらと地に投げて、主計はふたたび身を翻す。その時またも、この妖女《ようじょ》は声をかけたのだ。

「おぬしはまだまだお若いのう。その懐中に抱いている一品を、何と思ってござるのじゃ。持ち主に仇《あだ》をなし、命を奪い、その上に地獄の責め苦を与えずにはおかない魔性の品なのじゃに……。

好んで死地に飛びこむなら心のままに任せるが、いつかわたしのことばに思い当たるなら、道玄坂のほとりにある黒観音を訪ねてまいれ。そのあたりで聞けばわかる。このような女といえば、だれ一人知らないものはないはずじゃ……では、おさらば……」

こつこつと木履《ぼくり》を土に踏みしめて、女の姿はどこともなく白い朝霧にのまれていく。

主計は、はっと、思い当たった。

昨夜、あの死んだ男の髪の中から取り出した一枚の銅板が、まだ懐中に入っていた！

3

別に忘れたというわけではない。悪意があったのでもなかった。

昨夜あの瀕死《ひんし》の男に頼まれたとき、主計はすぐにでもお富にこれを渡そうと思った。

だが——女の顔を見ていながら、なぜかその心が鈍ってしまったのであった。それは、いったい、なんのためか。剣風が主計の心をあらぬ方にいざないきって、いまわの頼みを忘れさせたのか。

否――と主計は答えるだろう。それならば、これによってお富に恩を売り、圧迫を加えて、心を傾けさせようとしたのか……いや、いや、そうでもなかったのだ。女と自分をつなぐただ一筋のこの綱を、主計は手放したくはなかったのだ。そして、いつしか、その機会を失したものといえるだろう。

朝の日はまだ昇っていなかった。だが、次々と、どこからか、鶏声は次第にときをあげ、あたりはいつか朝のなりわいにかかろうとする一瞬である……。

主計は静かに懐中に手を入れた。そして、懐紙の中にはさんだあの一品を取り出した。

昨夜は、人目もはばかられ、その上に応接にいとまもあらず次々と襲いかかった怪事件に、じっくりとこれを改めている暇さえもなかったが……。

よく磨きのかかった、天保銭よりひとまわり小さいくらい、一分ほどの厚さの銅の板である。表にも裏にも、細かな波目が刻んであった。しかし、別にこれという異状があるとは思えなかった。あの男が、大事に髪の中に隠し命をかけて守るほど、最期の際にお富に渡そうとあせるほど貴重なものとは思えなかった……。

いよいよ暗澹《あんたん》たるものが、主計の胸を覆って迫ってくるのだった。あの奇怪な女は、どうしてこの品のことを知っていたのだろう。こんな一品、なんの変哲もない一枚の銅板が、持ち主に仇《あだ》をなし、命を奪い、地獄の苦患を味わわせる魔性の品であろうとは……。

主計は笑いだしたくなった。ふたたびそれを懐紙に包み、足を速めて歩きだした、今度お富に会ったなら、なんの躊躇《ちゆうちょ》も遠慮もなく渡してやろうと思いながら……。

だが、主計は事をあまりにも簡単に考えすぎていたのだった。

なぜならば、彼の後から見え隠れにその跡をつけていく一人の男があったのに、主計もまったく気づかなかったのだ……。

やくざ風の、渋い紺微塵《こんみじん》の袷《あわせ》の男。その顔は——昨夜の男！　桜の入れ墨をした男。亀清の座敷に現れ、やみに立って、八兵衛たちの物語を立ち聞きしていた男だった……。

なんのため、この男が主計の跡を追うのだろう。だてや酔狂の業ではない。きっと何かの目的を心に持ってにちがいはないが……。

「おい、待ちなよ……」

男の姿を怪しんでか、通りかかった目明かしが、鋭く声をかけたのだった。

「へい、あっしで……」

「今時分、朝っぱらからどこへ行く」

「へっへっへ。吉原《よしわら》の帰りでさあ」

「何をいうんだ。朝帰りにしちゃあ、あんまり時刻が早すぎるぜ……」

朱房の十手を握りしめて目明かしは男の前に立ちはだかったが、そのせつな、何を見たのか、色青ざめて飛びじさった。

「遠山さま、お奉行さまではございませんか！」

「はっはっは。わかったか。このことは、ほかのだれにも申すでないぞ。ちと内々の調べごとでのう……」

男は笑った。にっこりと、朝日の中にほほえんでいた。

4

四谷塩町、松平出羽守《まつだいらでわのかみ》の上屋敷に相対して、八千石の旗本、早乙女《さおとめ》帯刀《たてわき》の屋敷があった。これが主計の家なのである。

これまでは一度も夜遊びをしたこともなかった主計にとって、けさは敷居が高かった。玄関の敷台に手をつかえて挨拶《あいさつ》をする用人の視線を避けるようにして、彼は自分の座敷へ帰った。

大小をとり、袴《はかま》を脱いで、机の前に端座したとき、用人がふたたび戻って手をつかえた。

「若さま、旦那《だんな》さまがお呼びでございます」

主計もまだ父親だけは怖かった。五十の坂を越えているが、いまでも壮者をしのぐ元気……一徹だけに彼にはどうも苦手であった。

――おしかりちょうだいかな。

と思って、主計は父の部屋へ通った。

朝まだ早い時刻なのに、帯刀は床の前に端座して、刀に打ち粉をくれている。外にはうららかな春光さんさん、一陣の微風に誘われて、庭先に桜の花片も、落ちかかって来ようという朝なのだが、秋霜のごとく大刀の光が輝く部屋の中には、冬の寒夜にも似た烈々たる気合いがこもっているのだった。

「主計、昨夜はどうしたのだ」

彼の方を見やりもせずに、父はいう。いつの間にかめっきりと白さを加えた鬢髪《びんぱつ》がけさはきびしく、主計の目にもしみるのだった。

「はっ。いや、帰宅するつもりではございましたが、ちとおかしなことになりまして」

「もういい。いわぬでも、おおかたわかっていることじゃ。若い間は無理もないが、おまえもこの辺で、身を固めた方がよくはないか。このあいだの話はどうした。まだ決心は定まらぬかな」

「はっ」

このあいだの話というのは、もちろん縁談なのである。七千石の旗本、近藤京之進《こんどうきょうのしん》の家から、主計の人物にほれこんで、是が非でも、一人娘の園絵の婿養子にと、再三辞を尽くしての懇望であった。

この時代の旗本の二男三男というものは、幕府にとっても、一家にとっても、しょせん無用の長物だった。武を練っても、その勇を役立てるべき戦もなく、文を磨いても、世襲の制は厳然として、その才を伸ぶべき場所もなかったのだ。彼らにとって、世に出る道は、他家の養子に行く以外、ほとんど道がなかったといえる。

主計にとって、これは一つの栄達の道ではあった。禄高《ろくだか》こそは早乙女家より少なかったが、近藤京之進は老中水野越前の眼鏡にかなって大番頭の職をつとめ、第二の鳥居甲斐守と目されていた人物である。その上に、娘の園絵は、器量といい、人柄といい、気性といい、旗本の娘妻女の中でも一、二といわれているのだから、主計が一も二もなく応諾すると思いのほか、彼は今まで、なかなか首を縦には振らなかった。

権勢に屈することを好まない性格からともいえるだろう。だが、その上に、けさの彼には、いま一つ心にかかる重い負担があったのだ――

5

「お富さんが捕まったっていうんですかい。旦那、なにもそんなに心配なさるこたあありやせんよ。もうじき帰ってきまさあね」

　隼銀次は、浅黒い、日に焼けきったその顔の肉をゆるめて、笑っていた。主計はなにか落ちつかず、昨夜見知ったこの目明かし銀次の家を訪ねたのだが、彼はそのあだ名の由来と思われる鋭い眼光を一瞬輝かせたと思うと、大口開けて笑いだした。

「だがなあ、銀次、袖《そで》すり合うもなんとやら……ああしてご禁制を破って捕らえられたとなると……」

「大丈夫でさあね。お富さんにかぎって、あのなりは、お目こぼしのようなもんでさあ」

「というと……」

「普通の人間があんな身なりで横行したら、それこそどんなことになるか、決してただじゃあすみやせん。ところが、あのお富さんにゃあ、どこからか大きな息がかかっている……」

「なんだと……」

「あの人が、どこから来たのか、どうした生まれの人間なのか、わっしもよくは知りやせん。ところが、鳥居甲斐さまから、人魚のお富を見張るように……いや、縄をかけろというんじゃねえ。少しぐらいの法度破りなら、目をつぶって、知らねえふりをしているように。ただ、その所業を、それとなく気をつけて、何か事件が起こったら早速申し出ろという、妙なおふれが出ていることは、当今、江戸の目明かしじゃあ、知らねえ者はありませんよ……」

「うーむ」

主計にとって、これは大きな疑惑であった。奸才《かんさい》鳥居甲斐守が奉行の職についてから、江戸南町奉行所は、陰謀の府、腐敗の源といわれるまでに堕し去ったが、その奉行が、一介の町の女侠《にょきょう》人魚のお富に目をつけて、このような秘密の指令を与えたとは……。

お富を包む陰謀と秘密の深さと恐ろしさは、決してひととおりのものではない！

いまさらながら、主計には事の重大さがひしひしと総身に迫ってくるのだった。

「いや、よくわかった。そのほうがそこまで申す上は、拙者も取越苦労はいたすまい……ところで、銀次……これを知らぬか」

主計が懐中からとり出したあの銅板をひと目見て、銀次は思わず膝《ひざ》を乗り出すと、隼《はやぶさ》のように両眼を輝かせた。

「旦那、これがどうして旦那の手に……」

「ひょんなことでのう、昨夜、拙者の手に入ったが……」

「旦那、お気をおつけなせえやし。この銅板がどんなものか、わっしにゃよくはわかりやせん。だが、わっしらの仲間じゃあ、これを死人の銭といっている。昨年の秋から、もう三人、江戸で身元のわからねえ男が辻斬《つじぎ》りにやられて命をとられていますが、どの男もみな背中から袈裟《けさ》がけの一太刀。よほど腕のさえた武士の仕業に違いはないが、その男の手にはみな、これと同じ銅板が握られていた……」

「なに、なんだと！」

「旦那、わっしもきょうは十手捕り縄をお預かりしている身を離れ、一人の町人、ただの銀次として申しやすが、この銅板の背後には、さるご大身の大きな力が伸びておりやす。十分、気をつけなせえやし」

6

その夜も更けて……。

陰暦十七日の月は、人呼んで「立ち待ちの月」。その月が、武蔵野《むさしの》の果てに連なる海の上から大江戸八百八町の上に、今宵《こよい》もまた、身にしみるかすんだ光を投げ始めたころ……。

早乙女主計は、今夜も屋敷を脱け出していた。別に何という理由はない。ただ彼は、自分がいま、あの妖女《ようじょ》の予言のことばのとおり、大きな陰謀の渦中に巻き込まれたことを感じはじめた。泰平無事の世にあきたらず、変化と刺激を求めつづける青年客気のその心が、彼をしてこの冒険にかり立てたのか。

――血の雨も、火の海も、剣の山も、鬼と羅刹《らせつ》のその群れも、来らば来れ。腰には家伝来の愛刀国広、懐中には秘密を宿す死人の銭！　こちらから求めていくに及ぶまい。これさえ大事に守っておれば、必ず向こうがやって来る。敵はいやでも正体を自分の目の前に暴露して見せるはず……。

主計の予想は当たっていた。当てもなく、江戸の街々を歩きつづけているうちに、彼はまた鋭い針を突き刺すようにきびしく迫る異様な殺気を感じたのだ……。

そのせつな、眼前に立ちふさがった一人の男。白紋付きの着流しで、やみにひらめく業物は、鉄をも断たん長曾禰虎徹。毒蛇か猛獣のような不気味な目を光らせて、きっと主計をにらみすえた。

「早乙女主計とかいったのう。ゆうべの勝負をつけに来たぜ」

たしかに昨夜の男であった。十数名の浪人と、昨夜あの駕籠《かご》を襲った白紋付きが、また目の前に現れたのだ。

だが、彼は今夜は一人のようである。そばには従う影も見えなかった。

「ほほう。今夜はお一人かな……」

「てめえなんぞの一匹二匹ぶった斬るにゃあ、加勢なんかはいらねえや。ほら、行くぜ」

躍りかかって真っ向から虚空を切った手練の剛刀。主計は危うく抜き合わせて、はっしとやみに火花を散らし、二、三歩うしろへ飛びじさった。

剣先が触れるか触れぬ間を置いて、じりじりと、かすかな上下をくり返す二人の太刀。

剣法では、多勢の敵を一時に闘う不利をいましめている。腕に格段の違いがあればともかくも、心きき、腕のさえた多勢を向こうにまわしては、たやすく勝てるものではない。

ことに、昨夜の主計には、人魚のお富という足手まといがついていた。駕籠の方にも、やはりまた気を配らねばならなかった。

今夜の敵は、一と一、神道無念流の奥義はつばめ返しの太刀風に、ものをいわせる時はこの時！

主計には十分の自信があった。斎藤弥九郎の門下でも右に出る者なしといわれたほどの鋭い剣が、下青眼の構えから、今しも敵ののどをひと突き。

だが、その太刀は、びゅーんとうなりを立ててくる剛刀の横なぐりの一撃に引っ外された。思わず宙を泳ごうとする主計の体の動きを待って、剣法を無視したような野性の太刀が、左の袖《そで》を切り裂いた。

ふたたび後に飛びじさって、息づまるような二人のにらみあい。

主計の額には、べっとり玉の脂汗。昨夜はそこまで気づかなかったが、彼は今こそ慄《りっ》然《ぜん》とした。

――他流試合にも、これまでずいぶん場数は踏んだが、こんな鋭い剣法は、法を外れた理外の剣には、一度も遭ったことはない！

おくれをとるというわけではないが、この相手に対する肌寒い恐ろしさが、ぞくぞくと、彼の背筋に襲いかかってくるのであった。

7

「わけえの。なかなか使うぜ。神道無念流の流れと見たはひがめかな……」

相手は、切っ先を左下段から静かに中段に返しながら、余裕しゃくしゃくたる態度である。

「いかにも神道無念流。だが、そのほうの流儀は何だ……」

「流儀なんかねえや。まぼろし流とでも、無手勝流とでもいうがいいぜ。だが、若僧、おまえみたいな腕っききの相手にゃあ、おれもこのところさっぱりお目にかからねえ……。

ぶった斬《ぎ》るにゃあ、ちったあ惜しくなってきた。どうだ、その懐中の一品をこっちへ渡して、手を引かねえか……」

「その一品とは……」

「隠すねえ。ゆうべ、おまえはある男から、小さな銅板を預かったろう。目明かしの仲間では、死人の銭といっている代物……それがこちらは所望だ」

「あんなもの、なんの役に立つと申すか」

「そいつあいえねえ。ただこれだけは言ってやろう。今のこの天下の民を苦しめる悪政邪道を一掃するにゃあ、どうしてもあの品が入用なんだ」

「悪政邪道と申すのか」

「そうともさ。鳥居甲斐なんて野郎が奉行としてのさばっているかぎりでは、この世は住みよくならねえんだ……」

「そんなら、なぜ鳥居を斬らぬ。甲斐を殺さぬ」

「一人の鳥居を斬ったって、また悪の葉は生えてくらあ。根を断ち、幹を枯らすには……」

不思議な男! これは決して、物とり夜盗のたぐいではない。この世に恐ろしい太刀筋といい、世を憤る烈々の語調といい、その手段のいかんはさておいて、これもやっぱり自分と同じく世に背く反逆の子にちがいはない。

そうは思ってみたものの、やはり主計は意地があった。鳥居甲斐を倒す手段とわかっては、どうしてもこの一品を手放す気にはなれなかった。

「よかろう。それまでの所望なら、渡さないとは申さぬが、早乙女主計の目の黒いうちは、めったにそちらの手には譲らぬ。欲しければ……」

「刀にかけて取ってみせるわ」

ふたたび三たび、やみにひらめく必殺の剣。技量も互角、気合いも五合。勝敗はいずれの手にも帰し難く……。


だが、その時、はるか自分の背後のやみ、大樹の陰に身を隠して、じっと様子を見つめていた一人の女があることに、主計はまったく気づかなかった。

櫛巻《くしま》きの、おそろしいほどあだっぽい、三十四、五の年増《としま》であった。切れ長の色気たっぷりの大きな目は、昼ならば男殺しといえるだろう。黒襟唐桟《くろえりとうざん》の丹前に、男のような細帯を締め、両手を懐につっこんで、黙然と二人の闘争を見つめている。

不思議な殺気が日にひらめいた。と見るや、たちまち胸もとからぐっと突き出た白い腕。その手には、南蛮渡りの短銃が、黒い光を放っている。

火縄もいらぬ。ただ指に力を入れて引き金を引くだけのこの短銃は、日本にもまだ珍しい武器なのに……。

女は静かにねらいをつけた。動をはらんで静かに立つ主計の背中に的を定めた。

8

その同じころ――

やみを縫って、一丁の女乗り物が、このあたりへと差しかかった。

真新しい半纏《はんてん》の駕籠かき。そばに袴《はかま》の股立《ももだ》ちとって従う二人の武士。黒塗り、艶出《つやだ》し、網代格子《あじろごうし》の贅《ぜい》を凝らしたこしらえは、よほどの大身の忍びのお出ましと見えるのだった。

こつこつと、駕籠の中からたたく音。乗り物を止めよとの合図である。

えいほーという掛け声とともに、駕籠は地上におろされた。

一人の武士が、片膝《かたひざ》ついて、静かに駕籠の戸を開く。と——おぼろに、やみに浮き上がったのは、御守殿髷《ごしゅでんまげ》に裲襠《うちかけ》の、夜目にも花のように開く美しい上臈《じょうろう》の姿であった。

「お方さま、なんぞご用でござりましょうか」

声をひくめ、面を下げて聞く侍に、甲高い女の声が浴びせかけられた。

「そのほうはあの殺気をばなんとも感じはせぬか……」

「殺気と……申しますと……」

武士はけげんな色であった。

「たわけめ。そのほうどもの日ごろ自慢の武芸修業はなんのための業なのじゃ。ちと心眼を働かせい。女のわたしに感ずる殺気を、武士のそのほうどもが感ぜずに、それで役目が勤まるのか……」

「でも……」

その時、行く手のやみを破ってとどろきわたる銃声一発！

「それ、見たことか。行けッ」

「はっ」

躍り上がって、その武士は刀の柄《つか》に手をかけながら、ばたばたと駆けだしていった。

女は、皮肉な苦笑を漏らしながら、いま一人の武士に声をかけた。

「駕籠を進めよ」

「ははっ」

戸をやみに大きく開いたまま、駕籠は静かに足を進めた。駕籠わきの武士も、鯉口《こいぐち》三寸くつろいで、いざとならば、いつにでも斬って放たん構えであった。

「おーい、斎田氏！」

向こうから、さっきの武士の声が聞こえる。

「なんだ、小林氏……」

「こちらだ、こちらだ。ここに一人の武士が、短銃で左の腕をやられて倒れているぞ。白紋付きの侍が、いまにもとどめを刺そうとしていたが、拙者の姿を見て逃げおった……」

「駕籠をそちらへ……」

この上臈の鶴《つる》の一声に、駕籠はしずしず前へ進んだ。

早乙女主計は倒れていた。思いがけない飛び道具に左の腕を傷つけられ、刃《やいば》も心もいつか鈍って、いまはあの白紋付きの浪人にとどめを刺されんばかりであった。思いがけない救いの手に、相手が逃げうせたと見るや、たちまち気力を失って、がっくりとその場にくずおれ伏したのである。

「知行取りか、部屋住みか。懐中物を改めるがよい……」

駕籠の中から女の声。

「お方さま、こんなのが……」

武士の差し出したあの恐ろしい死人の銭をすかし見て、女の声もはっと変わった。

「どうして、これがこの男の手に……小林、斎田、この男の傷の手当をしてとらせ。乗り物を探して、屋敷へ伴い帰るように……十分気をつけてまいれよ」

9

「ちぇっ、しまったねえ。とんだところでどじを踏んじまったが、なんだっておまえさん、あのとき現れた新手の侍をたたっ斬って、あの銅板を主計からひったくっちまわなかったんだい……」

「そんなことをいうもんじゃねえやな。こちとらは、なんといっても、おてんとうさまのかんかん照っているところを歩けるような世渡りじゃねえや。侍の一人や二人ぶった斬るにゃあ、そんなに造作もあるめえが、万一、手間暇かけてしまって、捕り手でも飛んでくるような始末になっちゃ、それがまずいと、ちょっと心配になったからさ……おまえがあんなところでよけいなまねして、短銃などをぶっ放すから、こんなことになっちまったんだい……」

「おまえさんはそういうけどね、いったいあれはなんてえざまだい。あんな若僧の一人や二人、なんの造作もなくぶった斬るって大言吐いたのはいいけれど、さんざん切りまくられて受け太刀になる始末じゃないか……あたしがこうしてあのとき短銃をぶっ放さなかったら、おまえさんもこうしておれると思うかい」

やみの街を肩を並べて話しながら歩いていくのは、さっきの白紋付きの浪人と、短銃の一撃に主計を倒した女である。どうやら、二人は一味らしい。それも、なんだかただの仲ではなさそうな。

「でも、おまえさん、残念だったねえ、あの男を逃がしちまってさ。ゆうべはまたお富も捕らえそこなったし、きょうもまたこんな始末じゃ、おまえさんの腕だって、焼きが回ったといわれても、どうにも仕方はないじゃないか」

「ゆうべから、おれも悪運にとりつかれたよ。あの男を斬ったとき、変な野郎が途中から飛び出さなきゃあ、あの銅板は向こうの手には渡すまでもなく、こちとらの手に入ったんだ」

「あの野郎に邪魔されてる間に男は逃げる。そして、あの品を主計に渡す……話がうまくできすぎてらあ……」

「でもねえ……あの男はだれかしら」

「どうもおかしい。やくざのような格好だが、めっぽう腕っ節は強いし、その上にちらりと見えた桜の入れ墨……おい、まさかあいつは遠山の金四郎じゃああるめえな……」

「おまえさん、まさか……」

女は、おこりでも起こそうとするように、ぶるぶると身震いして、思わず背後を振り返った。

どうやら、話の模様では、昨夜あの道中姿の町人に一刀浴びせた下手人は、この浪人であるらしい。そして、それを途中でさえぎったのは、あの亀清にあらわれた桜の入れ墨を彫った男のようなのだが……。

当時の江戸幕府の制度によれば、江戸の政治は、南と北の両町奉行が、隔月ずつ執務することになっていた。そして、南町奉行、鳥居甲斐に対して、北町奉行職の重責を握るのは、遠山左衛門尉金四郎。若年家を出て、無頼のやからの仲間となり、遊蕩児《ゆうとうじ》としての生活を送っただけに、庶民の味方、名奉行の名も高かった。そして、彼には、若き日の生活の名残を残す朱桜の入れ墨が全身に咲きにおっていることは、だれ一人知らぬ者ない事実である。

二人の姿は、いつの間にか大銀杏《おおいちょう》の高くそびえる一軒の古屋敷の中へ消えていった。だが、その跡をやみの中からじっと見つめていた男……それは、たしかに、なぞの男、あの入れ墨の男であった。

10

じーんと体が、深い地の底、奈落《ならく》へ落ちていくような気がする……そして、そこには、炎々と宙を焦がさんばかりに燃える地獄の業火。牛頭馬頭が鉄棒をふり上げて、一人の女を追っている……三途《さんず》の川ではぎとられたか、燃える鬼火に焼かれたか、女はまったく裸身であった。苦しみに耐えかねたのか、こちらを向いて、救い求める必死の叫び……それはたしかにお富ではないか！

――よし、いま行くぞ！　助けに行くぞ！

主計も必死に叫んでいた。だが、声は出ぬ。左腕も肩先からむしり取られてついていない……残った右手に太刀を抜こうとすると、その左手がきりきり痛んだ……。

――ああ、夢だったのか。

主計はその時、目をさました。額から、わきの下から、背中から、べっとり汗がにじんでいた。

――だが、ここはいったいどこだろう。

短銃の一撃に、気を失って、地に倒れたまでは覚えている。だが、そのあとは、夢かうつつかまぼろしか、なんの意識もなかったのだ。

左の腕がきりきり痛む。だが、そこには厚い包帯が巻かれてある。その身にも白羽二重の夜着がきせられ、豪奢《ごうしゃ》な夜具に横たわって……。

十畳ほどの座敷である。ほのかに燃える行燈で見ても、贅《ぜい》を尽くした貴人の館《やかた》、その奥まった座敷と見えた。

痛む腕を押さえながら、主計は静かに半身を起こした。そして、あたりを見まわして、思わずあっと叫んだのだ。

主計ならずも、これが驚かずにはいられようか。まくらもとに回してあった屏風《びょうぶ》の絵。それこそ、夢をそのままの、恐ろしい地獄のさまでなかったか。

不思議にも、それは六曲屏風の半双二曲なのだった。その一面に描かれた火炎地獄の凄惨《せいさん》さ。紅、朱、金泥と、極彩色の妙をつくし、画工の丹精をこめて描いたその炎は、いまにも屏風を焼きつくし、一陣の業火となって天井に燃え上がるかと思われた。

その中に、火炎に焼かれ、牛頭馬頭の責め苦を受けてもだえている一人の女……乳房を押さえ、全裸の姿で泣き叫んでいる美女……それもまた、なんとしたことであろうか、あの人魚のお富に生き写し！

これもまだ夢なのだろうか。熱に頭がおかされたのか……。

そうではない。夢よりも何百倍も何千倍も恐ろしい意味を含んだ、これ、あやかしの地獄屏風！

だが、この屏風のあと半双は、いったいどこにあるのだろう。いや、それよりも、この館の主こそだれ……この屏風を枕頭《ちんとう》にひきまわしたのは、だれの仕業か……。

主計はふたたび見まわした。だが、大小はどこにもない。国広は、身を守る最後の太刀は、どこへ姿を消したのか……。

もちろん、懐中にも何もなかった。あののろわれた死人の銭も、いまはどこかへ奪い去られた……。

疑惑と、不安と、恐怖の影。氷のようなこの戦慄《せんりつ》！

どこかで鈴が鳴っている。森閑として静まりきった夜の館に、鈴が鳴り響く。

凝然と化石のように身じろぎもせぬ主計の前に、下手の襖《ふすま》がするすると音もなく開いていったのだった。

怪盗妖女

1

——この夜ふけに。だれがいったい傷ついた自分のところを訪れるのか。

こう思って、早乙女主計はまじろぎもせず、襖《ふすま》の陰を見つめていた。

ところが、彼の予期に反して、行儀正しく畳の上に手をつかえたのは、御守殿髷《ごしゆでんまげ》に矢の字返しの帯をしめた一人の御殿女中であった。

「お気がおつきでございますか」

「ここは……どこ、どこでござるか」

「あの、ご無理をなさいましては、お体にも……いずれはわかることでございますゆえ、しばらくは、なんのお気づかいもなくお休みなされますよう、お方さまからのおことづてにございます」

「お方さまとは……」

「それもまもなくおわかりにございましょう。では、お薬湯を……」

高坏《たかつき》にのせた薬湯の茶わんを目八分にささげて、女はしずしずと主計の前へ……。

熱にうなされ、渇いたのどに、ほろ苦いながらその薬湯は快かった。

「それでは、何かご用がございましたら、お手をお鳴らしくださいませ」

ふたたびしずかに手をつかえて下がっていく女を見ても、主計は別に止めなかった。

「よい、よい。別に自分をあやめようとするたくらみもありそうには見えぬ。この家を包む秘密の影も、いずれはわかることであろう」

そう思って、主計はふたたび身を横たえた。傷の痛みも、先ほどよりはよほど軽くなったよう……だが、薬湯のせいなのか、眠ろうとしても容易に眠れなかった。

目はさえている。全身の神経は、数千の針を研ぎすましたように、緊張して、目に見えぬ影を捕らえ、耳に聞こえぬ音も聞こえるかと思われるばかりであった。

きゃーっ。

どこからか、ひと声高く、するどい女の悲鳴が聞こえた。この夜のやみの静寂を切って……。

だが、その後は何もなく、あたりはもとの不気味なまでの静けさに……。

かたかたかたかた。

この部屋の天井裏で、何かの音が聞こえている。

しばらくたってまた繰り返す何かわからぬ音であった。

ねずみなのかと思って上げた主計の目が天井の片隅に止まったとき、彼は、またもや、はっと思った。

天井の一角は、いつの間にか切り破られて、深さの知れぬ闇黒が四角に口を開いていた。そして、そこから、するすると、一本の麻縄が下まで伸びてきたではないか。

――曲者《くせもの》、やりおるな。だれの仕業かわからぬが、これはただごとではないぞ……。

だが、心得のある主計には、こんな時あわてふためくのが不利であるぐらい、十分心づいていた。

かるくいつわりの寝息を立てて、その体は、一朝事があったならば、枕《まくら》をけって飛び起きようと……そのとき、黒覆面の顔がしずかに穴からのぞいた。

と思う間もあらばこそ、全身、黒装束に包んだ男が、天井裏から縄を伝い、音もなくこの部屋の畳の上に降り立った。

2

主計は、寝入ったさまを装って、この男がそれからどんな行動に出るか、固唾《かたず》をのんで見守っていた。

だが、彼は別に主計に危害を加えようとする意志があるとは見えなかった。

そっとまくらもとに近づいて、

「もし、早乙女さま。主計さま」

と、聞こえるか聞こえないかのかすかな声でささやいた。主計もしずかに目を開いて、

「その方は何者か……」

「旦那《だんな》、お声をひくく……決して旦那に不為《ふため》を働こうなどと、そうしたもんじゃございやせん。旦那を助けにまいりやした」

「みどもを助ける……と申すのか」

「そのとおり。旦那は、ちと向こう見ずに、この事件に深入りなさいましたなあ。こち

ら見てもはらはする……」

「旦那は、あの死人の銭を預かったとき、なぜあれをそのままお富さんに渡してやらなかった。それがこうした災いのもと……」

「なんだと……」

「…………」

「それぱかりじゃあありませんや。旦那は、海津屋の店先で、殺されていたあの一家の死体にめぐり会ったはず……それから、その翌朝には、妙なばばあに会ったでしょう。それから、ゆうべの浪人、篠原一角《しのはらいっかく》と、旦那を短銃でねらい撃ちしたまだら猫お菊、どれもみな、この死人の銭と、地獄屏風《じごくびょうぶ》をめぐっての争い……」

「すると、この屏風は……」

「いや、これは真っ赤な偽物でさあ。旦那があの死人の銭を持っていたからにゃあ、この屏風の秘密を知ってのことかと、わざとこうして出しておいた罠《わな》の餌《えさ》、下手に食いつかねえようになせえやし……」

「すると、この家は……」

「松平出羽守さまのお下屋敷」

「どうして拙者がここにいる……」

「ゆうべ旦那が短銃で撃たれたところへ通り合わせた出羽さまの愛妾《あいしょう》、楓《かえで》の方が、こうしてここへお連れしました……」

「そのほうは、どうしてそれを……」

「いまにおいおいわかりましょう。こう見えても、大江戸八百八町には、あっしの目に見えねえ物は一つもねえ。どんなに隠そうとしていても、こちらの耳には入ってくる……」

「すると、そのほう、人魚のお富の安否を存じておるか……」

「なるほどなあ。さっそくそれをお尋ねたあ、こいつは、旦那、お富さんにほの字とおいでなすったな……。

いや、ご心配はいりませんや。一応お調べのあったあとで、無事放免、いま家に帰されたはずですよ」

——それでよかった。

と、主計は胸をなでおろした。だが、この男の正体は……深夜こうして、大名屋敷の奥の部屋の天井裏から黒装束で忍び込み、この事件の裏の秘密、なぞを包んだ人々の一人一人の行動まで、手に取るように知っている不思議な男の正体は！

　主計はなにか肌寒いものさえ感じていた。

「それで、拙者を助けるとは……」

「この女、楓の方という女は、ただの女じゃありませんぜ。ひそかに鳥居甲斐と結んで、とてつもねえ陰謀をたくらんでいる。外面如菩薩《にょぼさつ》。内面如夜叉《にょやしゃ》たあ、ああした女のことをいうんでさあ」

「それで、拙者をどうしようと……」

「旦那を責めて、秘密を明かさせ、味方にひき入れようとするか、それとも、いうことを聞かなけりゃあ……」

「聞かなければ……」

「生きてこの屋敷は出られますめえよ」

「うーむ」

　主計は腕をこまねいて嘆息した。秘密といって、自分はなにも打ち明けるべき秘密はない。ただ、あの見も知らぬ男から、あの死人の銭を預かっただけなのだが……。

　だが、この男の話を聞くにつけても、彼には一つ一つとうなずける節があった。

大きな陰謀の渦が、いま、この江戸に渦まいて流れている。そして、その中に巻き込まれて、自分も、あの美女、人魚のお富も、必死にもがいているのではないか。

だが、この奇怪な男の名は……。

「よし、わかった。そのほうを信じて、相談することにしよう。だが、そのほうの名はなんと……」

「世間さまじゃあ、まぼろし小僧といっていまさあ……」

3

まぼろし小僧……その名は、主計にも、いまはじめての名ではなかった。

昨夜、あの海津屋の奥座敷、白壁にしたたる鮮血で書かれた六文字は、たしかに、まぼろし小僧と記されておったはず！

思わず総身をこわばらせた主計の姿を打ち見やって、男はひくくふふふと笑った。

「旦那、ご心配なせえやすな。あの時、海津屋一家を殺したなあ、決してあっしの仕業じゃねえ」

「な、なんだと……」

「だれかが、あっしの名をかたって……筋はおおかた読めている」

「それでは、どうして彼らを殺した」

「旦那もお聞きになったでしょう。お富さんが亀清で千両の金に体を張ったことを……お富さんは、あの時、どうしてもそろえなきゃあいけねえ五百両の金があった……」

「と申すと……」

「この海津屋の店先に、ちょうどそのとき売りに出た地獄屏風の半双を、お富さんはどうしても手に入れてえと思ったから……」

「それでは、海津屋一家を斬《き》って、その地獄屏風を持ち去ったのか……」

「図星でさあ。この地獄屏風の一双をそろえて持てば、その時は天下を向こうに回しても」

「天下とは……どんな秘密がこの屏風に隠されているのだ。そしてまた、あの女、人魚のお富という女は、いったいどうした女なのだ……」

「………」

さすがの怪盗まぼろし小僧も、その時は、主計の鋭い追及に、思わず息をついていた。

「仕方がありやせんねえ。旦那のその様子じゃあ、今夜のうちにここからお連れするわけにはめえりますめえし、といって、あすとはいわねえ、きょうの朝からでも、あの女が旦那を責めるなあ、こいつあわかりきったこと……いっそ、あっしも思いきって、旦那に事を打ち明けやしょうか」

「うん、そういいたさぬか」

「いまこうして、徳川の天下は、ちょっと見たところ、枝葉も鳴らさぬ泰平を謳歌《おうか》しているように見えるが、ほんとうは決してそうじゃありません。西の方、京都から、長《ちょう》州《しゅう》薩摩《さつま》の方にかけては、事あらば幕府に取ってかわろうと、不穏な空気が流れている」

主計もさすがに愕然《がくぜん》とした。もちろん、彼は、薄々ながら、そのかすかな機運が動いているのを感じないではおられなかった。

天保七年の大飢饉《だいききん》、つづいて大塩平八郎の乱、それはまもなく鎮圧されたが、海の外には外国船が瀕々《ひんぴん》とわが辺境をうかがって、内外ようやく多事を加えんとしたこの時。

事もあろうに、この一介の町の義賊まぼろし小僧のその口から、こうした国事のことを聞こうとは、彼も思っていなかったのだ。

を提げて、鉄をも貫く勢いで、まぼろし小僧の胸もとへ。

これこそあの駕籠《かご》わきについていた、小林、斎田と名のる二人。鞘《さや》をはらった大身の槍《やり》

隣の部屋へ通ずる襖がさっと開いて、躍り込んできた二人の武士。主計は知らぬが、

「曲者《くせもの》！　そこ動くな」

それで、まぼろし小僧がふたたび口を開こうとしたとき、

「うむ。それで……」

4

「おっと、危ねえ。そんななげえのを振りまわすと、味方討ちなんてえことになりやすぜ」

まぼろし小僧は、ひらりと二人の槍をかわして、恐れる様子もさらになく、あざけるようなことばを漏らした。

「おのれ、逃してなるものか」

相手に武器もないと見て、二人はまたも突き出す長柄の槍。黒装束は、ふたたび体を

かわすやいなや、その弦巻《つるまき》をぐいと握って、九尺有余の二本の槍を、えいと両手で奪い取った。

「おのれ……」

よろよろとよろめきながら抜き合わす二人の太刀を流し目に、まぼろし小僧はあわてもせず、ゆうゆうと内懐から取り出したオランダわたりの磨き短銃。

「やい、あんまりじたばたしやがると、その胸板に風穴が開くぜ……」

「何を……」

さすがに二人はたじたじとした。そのすきをねらって、行燈《あんどん》をけたおしたまぼろし小僧のその早業。

めらめらと燃え上がった炎を、主計はたちまち布団でたたき伏せた。部屋は一瞬の烏《う》羽玉《ばたま》のあやめもわかたぬ真のやみ。

そのせつな、間の襖をけたおして、黒装束の姿は廊下の方へ消えた。

「それ、逃すな……」

「狼藉者《ろうぜきもの》でござるぞ、かたがた、お出会い召されいッ」

必死に二人の叫ぶ声。どたどたと廊下を走り去る足音。

——無事に逃れてくれればいいが。

と、主計は思った。彼はいつしかこの義賊に憎めぬものを感じていたのだ。

えいッ、えいッ。

遠く聞こえる気合いの声も、次第にかすかになっていった。

と見るや、ふたたび、また三たび。

「狼藉者はいずれでござる……」

「曲者は、どれ、どこでござるかッ……」

口々に呼ばわる声は、家中の侍がおっとり刀の鯉口《こいぐち》切って駆けつけてきたものであろうか、ずどずどずどと広い廊下を踏み鳴らし、向こうへ走り去っていく。

「それ、そちらだ……」

「庭へ逃げたぞ」

侍たちの右往左往する声にまじって、ずどーんという短銃の音が、はるかかなたの方で聞こえた。

「なにごとじゃ、騒々しい」

ひときわ高く聞こえる女の声があった。

「お方さま、狼藉者にございます。桐《きり》の間から黒装束が飛び出しまして、ただいま庭へ逃げうせました」

「なんと、桐の間とか。して、お客人に別条はないか……」

雪洞《ぼんぼり》の光がちらりと廊下に動いたかと思うと、長刀をこわきにりりしくたばさんだ大勢の侍女をまわりに従え、一人の女が入ってきた。

――これがまぼろし小僧のいった楓の方か。

思わず見上げる主計の目。それを見下ろす女の目。その二つの視線が虚空でからみあったとき、主計には何かひらめくものがあった。

――たしかどこかで見た女。深い記憶の底に埋もれて、時も所も思い出すことはどうしてもできなかったが、自分はたしかこの女をどこかで見かけたはずなのだ……。

5

なんとなく険のある、美しいけれども冷たい顔であった。金襴《きんらん》の裲襠《うちかけ》を身にまとって、身なりはたしかに大名の愛妾にふさわしいこしらえである。しかし、その身には、なんとなく水商売の女のようなあだっぽさ、品の及ばぬところがあった。

しずかに床の主計を見おろして、唇の端をきりりとかみしめながら、女は何もいおうとしない。豊かな頬《ほお》のあたりには、なんとなくあざけるような、かすかな笑いが浮かんでいた。

「お方さまに申し上げます」

先ほど、槍をつけてこの部屋へ躍り込んだ小林と名のる武士が、息を切らして戻ってきた。

「なにごとじゃ。曲者はいかがいたした」

「はっ、まことに恐れ多き次第ながら」

「取り逃がしたと申すのか……」

「はい。飛び道具の短銃を乱射いたし、塀を乗り越え、姿を消しましてござります」

「たわけめ。平時ながらも、当屋敷はそのまま一城一郭の備えであるぞ。忍びの者を引き入れて取り逃がしたとは、どの口あって申すことばじゃ。日ごろの武芸はなんのため、どの面さげてご奉公をいたすと申すか」

「恐れ入りましてござります。この上は、この腹ひとつかっさばいて、殿への申し訳をいたしますゆえ……」

「小林、そのほうは血迷ったか。控えおろう。いまさらそのほうが切腹しても、当家の恥はそそげはせぬ。そのほうも男なら、武士ならば、なぜ、かの曲者を探し出して、この場へ引き出してまいらぬのか。きっと究明申しつけるぞ」

「はっ」

武士は、額をすりつけて、身もだえしている様子であった。

「主計どの……」

はじめて女はことばを主計に向けた。

「はい、まことに申しおくれて失礼にござりまするが、てまえは早乙女主計と申すふつつか者。今後よろしくお見知りおきを……。

さて、このたびはひとかたならぬご造作に相成り、危うく一命を助けられ、お礼の申し上げようもございませぬ……」

「よい、よい。袖《そで》すり合うも他生の縁、そのことばには及ばぬことじゃ。したが、主計どの、この曲者は、この部屋で、何をいたしておったのか……」

「さあ、それは……」

主計も一瞬ぎくりとした。さっきの彼のことばからいえば、この女と自分は宿命の敵。いずれは冷たい闘争を続けねばならない相手なのではないか……。

「傷の痛みと、薬湯の効き目にうとうといたしおりますうちに、天井裏から降りてきたこの怪人。斬《き》りつけようにも刀はなく、取り押さえようにも体が動きませぬ。そのうちに、彼は拙者の枕辺《まくらべ》ににじりよったと思いますと、この屏風絵をじっとにらんでおりましたが、わたしの耳に口をばよせまして、

――おれはまぼろし小僧というもんだが、おまえさん、本物のこの地獄屏風のありかを知らぬか。

と、そのように申しておりました――」

女は口に手をあてて、ほほほとなぞの微笑を漏らした。

「まぼろし小僧がそう申したか。さすがは怪盗といわれるほどのことはある……主計ど

の、お身にはいろいろ聞いてみたいこともある。夜明けまで、十分に休息なさるがよい」

6

さて、話はここでいささか前に戻るが、ご禁制破りを理由に捕らわれて、石町の番屋に預けられた人魚のお富は、ろくに取り調べも受けずに、そのまま放免された。

その陰には、南町奉行鳥居甲斐の力が働いていたことはいうにも及ぶまい。

探し求めていた地獄屏風もいまは求めるすべもなく、お富は悄然《しょうぜん》と、八百両の金を抱いて、下谷二長町の黒塀囲いのいき造り、自分の家へ帰ってきた。

二人の子分、ひょっとこの八と、いだてんの彦吉《ひこきち》とが、口をそろえて、

「姐《ねえ》さん、お帰んなせえまし。ゆうべはどうなせえやした。二人とも心配しておりやしたぜ」

と声をかけるのに見向きもせず、

「玄関に塩をまいとくれよ」

と鶴《つる》の一声を残して、そのまま奥へ姿を消した。

湯あみをすませて身を清め、黒襟の丹前をひっかけて神棚へ拍手《かしわで》を二つ三つ。立て膝《たてひざ》でちんちん沸いた長火鉢の前に横座りにすわると、朱塗りの長煙管《ながぎせる》ですぱすぱたばこを二、三服吸いつけたが、さてこれからどうしてよいかとなると、いまのお富にはぜんぜんなんの思案もなかった。

「姐御《あねご》、お客さまですぜ」

すっとんきょうに、彦吉がのそっと廊下に立ちはだかった。

「ばかだね、おまえは。いったい、どこの、なんという方だい」

「浅草の入れ墨師、彫千代さんとおっしゃる方が。姐さんにお目にかかって、折り入ってお話ししてえことがあるって、じきじきご入来でさあ」

「入れ墨師の彫千代さん……」

こうした稼業のお富には、それははじめての名ではなかった。当時の江戸で随一の名入れ墨師とうたわれて、伊達《だて》を競わんほどの男女は先を争ってこの名人の門をたたき、痛さをこらえて、その肌に美しい絵模様を彫りつけて、それを自慢にしているのだが……。

「なんのご用か知らないが、江戸でいま売り出しの彫千代さんがそうしてわざわざお越しじゃあ、玄関でおしひきもなるまいね。どうかお上がりくださいって、丁寧にお通しするんだよ」

「へい、姐さん、合点でさあ」

やおらして、この部屋の敷居をまたいだ彫千代は、四十一、二と思われる苦み走った男ざかり。だが、一道に徹しきったその目には、なにかするどい光があった。

「お初にお目にかかりやす。てまえが彫千代。どうぞよろしくお願いいたします」

「こちらこそ、親分さんのお名前は、かねがね伺っておりますわ。さあ、どうぞこちらへ」

長火鉢の前に布団をすすめてみたものの、お富にはまだ彼の用向きがわからなかった。

「さて、親方さん、今晩お越しのご用むきは、どんなことなのでございましょう」

なぜか相手の彫千代は額に汗を浮かべていた。

「お富さん、突然上がってこんな勝手なお願いをしちゃあ、おまえさんもさだめてびっくりなさるだろうが、実はおまえさんを女と見込んで頼みがある……」

「そのお頼みとは……」

「おまえさんの肌を、この彫千代に預けてはくださるめえか……」

人肌のようになまめいた春の夜のやみを破って、どこかで月夜烏《つきよがらす》の声がひと声……。

7

——肌を貸せ。

こともあろうに、この名入れ墨師、彫千代のその口からこうした頼みを聞いたとき、さすがにお富もぎくりとした。思わず頰《ほお》を赤らめて、相手の顔を見つめたのだ。

「いや、お富さん、突然こんなことをいいだしちゃあ、おまえさんもさだめてびっくりなすったことだろう。それを承知で、彫千代がだれにも下げねえ頭を下げて、一世一代のこの頼み」

お富は何も答えるだけの勇気がなかった。ただ黙然と、長い火箸《ひばし》を取り上げて、火鉢の炭火をいじっている。

「実は、お富さん、きのうの亀清のあの一件。不動の親分に用事があってひょっこり顔を出したあの大広間で、おまえさんのその玉の肌を、とっくり拝ましてもらいやした……」

お富はたちまち顔を赤らめた。あの場では、大勢の荒くれ男を前において、われからなった裸だったが、今となって、この彫千代の口からそれをいわれると、穴があったら入りたいくらいの思いなのだった。

「お富さん、それで、お願いというのは、ほかじゃねえんだが……。

この彫千代は、十八の時から、好きで飛び込んだこの稼業、今まで手がけた肌の数は何百人何千人かわかりゃしねえ。だが、このおれがふるいつきてえほどの肌は、それほどめったにありゃしねえ。

そのおれが、ゆうべのおまえさんにゃあほれぼれした。肌も肌なら、度胸も度胸、どうかこうした人の体に思う存分腕をふるってみてえものと思いつめたる一念から、こうしてやって来たんだが……。

なあ、お富さんや、おまえさんのような稼業が稼業なら、白い肌でいるのがかえっておかしいくらい……どうせ一度は汚す肌なら、この彫千代に体を預けて、それこそ日本一の女になっちゃあくださるめえものか。

これ、このとおり、手をついて、彫千代お願い申しやすぜ……」

芸道のためには命を投げ出しても悔ゆることのないという決心を眉間《みけん》に見せて、彫千代の懇願なのだった。さすがのお富も、この願いには、なんと答えるすべもなかった。

「そりゃあね、彫千代さん、あたしの鳥のような肌をそれだけ見込んでくださるとは、女《おんな》冥利《みようり》にも尽きるというもの。あたしもこうして、素人の娘なんぞじゃないんだし、入れ墨ぐらいあったって、ちっともおかしくない体。事と場合によったならお願いしないでもないけれど、なんといっても急な話のことだから、しばらく考えさせておくれじゃない」

なるほどとばかりに、相手はうなずいた。

「いや、とんだお願いを申し上げて、どんなに怒られ、けりだされてもどうにも仕方がねえところを、そのおことばには、彫千代、痛み入りました。では、あらためて吉報を……」

丁寧に頭を下げて席を立つ彫千代の姿を見ても、お富は送ろうともしなかった。

そのままじっと考え込んで、夜は深々と更けていく。

突然、お富の声が響いた。

「八……彦吉……駕籠《かご》を一丁、そういっとくれ」

「へい、姐さん、また今晩もお出かけで」

「だまって言いつけどおりにおしよ」

お富はすっくと立ち上がった。

8

渋谷道玄坂のあたりは、そのころは狐《きつね》でも化けて出そうな武蔵野《むさしの》の荒涼たる原野であった。昼でも寂しいこの場所へ、深夜飛んでいく一丁の駕籠。中には、何を思いつめてか、人魚のお富が乗っている。

そのあたりの林の中に、黒観音として知られた一つの堂がある。長い年月、だれも改修の手を加えぬために、屋根は落ち、柱は腐り、苔《こけ》むして、床に足を上げただけでもめりめりといいそうな姿であった。

そのあたりに、小さな藁屋根《わらやね》の庵《いおり》を結んで、いつからか一人の老婆が住みはじめた。年も知らぬ。生国もどこやら知れはしなかった。ただ、黒観音の気違いばばあと、近所の百姓はそういう風に呼んでいた。

だが、それでいて、この老婆のもとを訪れる人々の足がいつでも跡をたたないのは、いかなる秘法に通じてか。このばばあの予言はぴたりぴたりと的中し、どんな問題を持ち込んでも、手のひらの上のものを指さすように言い当てると、その評判のためであった。

思えば、この女が、あの時、家路を急ぐ主計を後ろから呼び止めて漏らしたことばの一つ一つも、どうやら当たってきたらしい……。

だが、この夜、人の寝静まった時刻を選んでお富がここへ急いだのは、いったいどんな目的を心に持ってのことだろう。

春といっても三月の、夜風はまだ深々とした寒さであった。

「ちょっと、駕籠屋さんたち、ここでしばらく待っとくれよ」

「へっへっへ、姐さん、待つなといわれなくても待ってまさあ。道玄坂くんだりで、この夜更けにおっぽり出されちゃあ、帰りの客が拾えるはずなんぞありやせんよ」

うなずいて、あたりのやみを透かし見ながら、お富は庵の扉をたたく。

「だれじゃ。この夜更けに、わたしになんのご用じゃ」

低く答えるしわがれた烏《からす》のような女の声。

「わたしです。お富です。ちょっとお開けになってください……」

「ほう、人魚のお富さんのお越しとは、珍しいことも世にあればあるものじゃて……」

そういいながら、がたがたとこの老女は扉を開いてくれた。

庵の中には、一方に白木の祭壇が作られて汚れたお神酒《みき》徳利が二、三本並べられているばかり、そのほかには、これという調度もそろっていなかった。

「お嬢さま、この夜更けに、何かご用でございますか……」

なんと、この老婆のことばは、がらりと変わってしまったではないか。いや、その態度も、だれか主筋の者に対する敬いの様子が感じられるではないか。

「ばあや、実はたいへんなことになったのよ」

お富の語気も変わっていた。日ごろ荒くれ男を前にまわしたときの鉄火な口調とは打って変わった口のきき方。そういえば、今夜のお富は、なんとなく様子が変わってしまっている。まるで高家の姫君ともいいたいほどの気品であった。

何者が吹くかは知れず、どこからか静かに横笛の音が聞こえる。人里を離れた寂しい野のはての堂のほとり、この笛を月下に吹くのは、そもそもいかなる風流人か。それともまた、人の姿をかりた幽鬼のすさびの業か……。

9

いや、それは若い男の姿であった。

それも武士。三十一、二の、まだ若い、水もしたたるりりしい武士。いま、この堂の奥の森から、静かに姿をあらわして、おぼろの月を見上げながら、にっこり空にほほえんだ。

その顔は、いままでどこかで見たような……そうだ、武士と町人の身なりの違いはあるとはいえ、あの亀清に現れた桜の入れ墨を彫った男とうり二つ、生き写しといってよいくらいの姿だったのだ。

黒紋付きの着流しで、男は堂の縁にかけ、ふたたび笛の吹き口をしめした。

「妙だな。今宵《こよい》は音がさえぬわ……」

小首をかしげて、目の前の林の中をうかがっていた男は、不思議な表情を眉《まゆ》のあたりにみなぎらせた。

「一人……二人……三人……四、五、六、七、八、九人。これはただごとではないぞ……」

笛を袋に納めて帯のあたりにはさんだこの武士は、朽ちた木の扉を押して堂の中へ。


その跡には、いつの間にか林の中から現れた黒装束の一団が、その数九人。手にはきらりとやみにひらめく大刀を提げ、庵の方へにじり寄った。

駕籠は一町ほど向こうに乗り捨てられてある。お富を待つ二人の駕籠かきも、この黒装束の一群には気づいた様子もなかったのだ。

「いいか、みんな。ゆうべはあの女を捕らえそこなったが、お富はたしかこの庵のばばあのところを訪ねたはず……ばばあは斬ってかまわねえが、お富は必ず生けどるようにと、鳥居さまからのご命令だ……首尾よくいったら、莫大《ばくだい》なご恩賞……ぬかるでないぞ」

先頭の一人が低く言い渡した。その声もどうやら覚えがあるような……いや、たしかにこれも違いはない。昨夜、あの亀清で、千両箱を担ぎ込み、お富と勝負をした男。八兵衛と名のる男にまぎれはない。

さては、奸雄《かんゆう》、鳥居甲斐は、公にはお富を捕らえることを避け、わざといったん釈放し、その上でこの八兵衛に内々の指令をさずけて、ひそかにお富を捕らえんとするのか……。

「親分、あの駕籠かきはどうします」

「二、三人行って、さるぐつわをかましておけ」

足音を忍ばせて近づいた二、三人の黒装束の早業に、声を立てて危急を告げるまでもなく、駕籠かきたちは地上にねじ伏せられた。

「それ行けッ」

八兵衛の低い合図に、一隊はすかさず庵に襲いかかろうとする。

人魚のお富の隠された前半生の秘密を包むこの小屋に、たちまちうずまく剣の波。必殺の凄気が満ちた黒観音の境内を見守るものは、中空を静かにわたる春の月……。

いや、それだけではなかったのだ。

「者ども、待てッ」

鋭い気合いが背後から、思わず彼らも足をとどめた。いや、襟首をつかまれてぐっと引き戻されるような、それは鋭い一喝《いっかつ》だった。

堂の扉を大きく開き、月光を全身に浴びて立っている先刻の武士、大胆不敵や、これだけの相手を向こうにまわしながら、その青白い横顔には女にも似た片えくぼ……。

「待て、待たぬか。深夜その黒装束で横行いたすそのほうどもは何者じゃ。物取り夜盗のたぐいなるか。控えおろう」

10

その時、庵のその中では……。

じーんと音を立ててともる燈芯《とうしん》の灯の下で、お富がしきりに話しつづけていた。

「それで、ばあや、せっかくわたしが金を工面してあの海津屋へ帰ってきたら、地獄屏風がないじゃないの。海津屋一家が殺されて、とんだわたしもかかわりあい。幸い一晩で帰されたけれど、これからどうしてよいものか。わたしも思案に暮れてしまった……。

それだけじゃなく、今夜はまた、浅草の彫千代という入れ墨師が、わたしの体を見込んだといって、入れ墨を彫らせてくれないかと頼みに来るし……」

「あの、お嬢さまのお体に入れ墨など……」

「そうよ。どう、いっそ彫ってもらおうかしら……」

「お嬢さま、そんなことをおっしゃってはなりませぬ。女やくざなどに身を落とされましたも、これも一つの方便から……それに、また、その入れ墨師の話とやらにも、なにかしら恐ろしい陰の含みがありそうに、わたくしにはつい思われてなりませぬ」

「ばあや、何がなんでもそんなことは……」

「いえいえ、油断はなりませぬとも。お嬢さまのお体には、もう鳥居甲斐の目が鋭く光っておりますぞよ。彼のことゆえ、どんな悪だくみがありませんとも……」

「…………」

「お嬢さま！　お嬢さまにはあの物音が……」

老婆は、ぷっと灯を吹き消し、やみに聞こえぬ音を聞こうと、じっと片耳立てたのだ。お富にも、いまは伝わりくる殺気。丁々発止の剣の音が、たしかに聞こえてくるではないか……。

お富はたちまち躍り上がった。老婆の止める手を振りきって、国広の一刀をさっと抜き放ち、人魚のお富の姿にかえって、どっと小屋の外へ飛び出した。やわらかな月の光を浴びて立つ一人の若い武士の影。大刀を提げて、はるかに数人の黒装束の逃げていくさまを、笑いを含んで見つめている。

「おまえさんはいったいだれさ。この夜更けに」

つかつかと国広を抜き放ったまま近寄って、お富は尋ねた。

「そういうそのほうは……ほう、珍しい。人魚のお富ではないか」

「たしかにお富でございます。ところで、おまえさんはどなたですかね」

「はっはっは、みどもか……」

その時だった。ばらばらと、背後の林の中から走り出てきた数名の武士。袴《はかま》の股立《ももだ》ち高々と、提燈《ちょうちん》を手に手に、武士のそばへと駆け寄った。

「御前、ずいぶんお探しいたしましたぞ。いつの間に。青山からこうしたところへお忍びとは、あまりお人が悪うございますな。

女……そのほうは何者じゃ。控えい。控えい。無礼をなすとその分には……北町奉行、遠山左衛門尉さまの御前なるぞ」

さすがにお富も刀を返して、思わず二、三歩あとじさりした。

「よい、よい、苦しゅうない。今宵はどうせ微行の身、笛を吹き吹き帰ることにいたそう。お富、その小屋の女をいっしょに引き連れて、みどもといっしょに参らぬか……」

落花受難

1

その夜もあけて――

花にかすんだ三月十八日の朝。

昨夜の騒ぎもいずこへか。いまは大名屋敷としての威厳と静寂を取り戻した、ここ今《いま》戸《ど》箕輪《みのわ》の雲州侯、松平出羽守の下屋敷。

時の藩主は、従四位侍従、松平斉貴《なりたか》、出雲国《いずものくに》松江に禄高《ろくだか》十八万六千石、当時二十七歳の若年であった。

天保十三年は三月まで在国、四月参勤して江戸在府となる。

その一室に監禁された主計の心は重かった。傷の痛みはさほどではないが、昨夜あの怪盗まぼろし小僧の残した奇怪の一言が、鉛のように重苦しく彼の胸をば圧していた。

「お部屋さま、楓のお方さまのお成りでございますぞ」

女中の先ぶれもいかめしく、口もとに皮肉な微笑をたたえながら、楓の方が入ってきた。床の上に起き直って主計の平伏するのを、冷たくじっと打ち見やって、

「そのほうどもは遠慮せい」

と、供の女中に声をかけた。

上座に据えた褥脇息《しとねきょうそく》に座を正して、女は主計の心を射通すような視線を投げた。

「主計どの、ご気分はもうよろしゅうございますかえ」

「はっ、おかげさまにて、けさほどはだいぶ快方に向かってござりまする。危うく一命を救われましたその上に、かくまで手厚きご介抱に相成りましたる段、このご厚恩こそ、その身にかえて、終世忘却つかまつりませぬ。ついては、この上あまりお世話に相成りましてはかえって心苦しき仕儀にもござりますれば、きょうじゅうにもおいとまをたまわりたく、自宅に立ち帰って養生いたしたく存じまするが……」

楓の方は途中でことばをさえぎった。

「よい、よい、その心配には及ばぬこと。そのほうには、まず尋ねたき子細もある。そのほうはこの一品を存じておるであろうがの」

　中啓をひらき、懐紙をそえて差し出したのは、まさしくあののろわれた死人の銭にほかならなかった。

「はっ。当今、江戸の下世話では、死人の銭とか申す品かと聞き及びまする」

「その品をいかにしてそのほう所持しておったのじゃ」

「ある男より、末期のきわに頼まれまして、さる女性へと渡さねばならない品にござります」

「その男とは」

「行きずりに出会いましたる男にて、名前も所も存じませぬ」

「それでは、相手の女性とは……」

「それは……」

「その女の名はなんと申すか。よもや知らぬでは通るまいぞ」

「…………」

「隠さずともよい。人魚のお富と申す女であろうがのう」

　愕然《がくぜん》として見上げる主計の眼前に、楓の方の両眼が不気味な光を放っていた。

2

なんと答えてよいものか、一瞬、主計も応ずることばに窮した。

だが、ここまで鋭く内幕を見すかされては、うそいつわりを申し立てても、しょせん及ぶべきものではない。主計としても、ありのままを答える以外、ほかにことばを知らなかったといえる。

「御意にござります」

「そうであろう。ふらち者めが……」

吐き出すような楓の方のひと声であった。

「ふらち者……と仰せられますと」

「この一品は当家所蔵の品なのじゃが、先日、不敵の曲者《くせもの》に奪われたもの。家の恥にもなることゆえ、公儀にもまだお届けもいたさぬが、奇しき縁《く》で、命を救いとらせたそのほうがこの品を懐中いたしおったのも、これも何かの因縁であろう。これをわらわに返してはくださらぬか」

「はっ」

「いかがかな。それとも、あくまで持ち帰って、お富に渡さねばならぬと申すか」

主計の脳裏にひらめくもの、それは昨夜のまぼろし小僧のことばであり、奇怪な老婆の予言であり、人魚のお富の微笑であった。そうした一切のものが、大きな渦を巻いていた。はげしく争い合っていた。

だが、むらむらと、不屈の闘志が、そのとき主計にわき上がった。

「お部屋さまには、それがしも一命を救われました義理もあり、ましてご当家の品と聞きましては即刻お返しいたしまするが順序にもござりましょうが、預かりました一品を、武士が金打《きんちょう》までいたしましては、中途でお渡しもなりますまい。一応お富どのにそれがしが手渡しました上、ご当家よりお取り戻しに相成ってはいかがなことにござりますか」

楓の方はきりりと柳眉《りゅうび》を逆立てた。

「ええ、頼まぬ。そのほうにはもうなにごとも頼まぬわ……」

座をけって、楓の方は部屋を出た。

長廊下に裲襠《うちかけ》の裾《すそ》を滑らせて、いまや局《つぼね》にかかろうとしたとき、

「お部屋さま」

と、背後から呼びかける太い男の声があった。三十五、六の麻裃《あさがみしも》、やせて鋭い両眼の、出雲家の江戸家老、安藤敏数内蔵之助《あんどうとしかずくらのすけ》。

「おお、内蔵《くら》か」

「いつもながら、お部屋さまにはご機嫌うるわしき体をお目見えいたしまして、恐悦至極に存じまする」

「内蔵、耳を貸せ」

鋭い視線を庭から廊下に投げながら、顔を近づけた内蔵之助の耳に、楓の方はひくくなにごとかをささやいた。

「なりませぬ。それは断じてなりませぬ」

「なにゆえじゃ」

「当屋敷にて、たとえ部屋住みなりにせよ、天下の直参旗本の一命を断ったということがもしも他に漏れましては一大事。大事の前の小事ということもございますれば……」

「じゃといって……」

「そこは拙者にお任せください。なんといっても手負いの相手、料理はいとやすいことにござります。一度ご門を離れたならば、あとは天下の公道にござりますゆえ……」

「やるか……」

「御意……」

二人の顔には悪魔のような笑いが浮かんだ。

3

その昼下がり、一寸六分のご本尊に、二丈近くの仁王尊、何千何万という善男善女のひしめきあう金竜山浅草寺、観世音奥山の雑踏の中に混じって、ひときわ目立つ武家の娘の姿があった。

花も恥じろうその美貌《びぼう》、大振《おおふ》り袖《そで》の柳腰に、若党女中を供に従えて仏前にぬかずく姿は、香煙縷々《こうえんるる》と立ちこめた堂内に、忽然《こつぜん》と開いた一輪の白百合《しらゆり》のよう。一枚刷りの美人画に慣れきった江戸の人々の目をさえも見はらかせずにはおかないほどの、見るもあでやかな姿であった。

うりざね顔の下ぶくれ、ぱっちりとした鈴のように開いた両眼は、世間知らずの深窓に育った処女にちがいはないが、どことなく深い憂いを宿していた。豊かなつややかな横顔の肌にも、どこかに暗い影があった。

「さあ、お嬢さま、あそこのお茶屋でひと休みしてまいりましょう」

先に立った女中のことばに、娘はあいとうなずいた。

「わたしはそんなにくたびれないけれど、おまえはさだめて疲れたろうねえ」

「めっそうもない。わたくしなどは構いませんが、お嬢さまこそさぞお疲れと思いまして。それにしても、お嬢さまのようなお方がこれほど思っておいでになりますのに、なしのつぶてで色よい返事をくださいませぬ主計さまも、冥加《みようが》を知らぬお方でございますこと」

「まあ、おまえ、いや、人前でそんなことをいってはいや……」

娘は、振り袖の袂《たもと》で、ぱっと桜色に赤らんだ顔を押さえていた。

その時である。娘の前に立ちはだかった人の影、それはたしかにあの黒観音の気違いばばあ、こつこつと木履《ぼくり》を土に鳴らしながら、相も変わらぬ乞食姿《こじきすがた》で、娘の前にぬっと立った。

「おまえ、何をする。こう見えても、ご身分ある旗本のお嬢さま、無礼しやると承知しませぬぞ」

　顔色を変えた女中が娘を背にかばうのを見て、この老婆は、くっくっくっと、またしても烏《からす》のようなしわがれ声で笑ったのだ。

「お娘御、お気の毒ながら、あなたさまのお顔には、はっきりとした死相が見えていますぞよ」

「何をいやる。はようこの場を立ち去らぬか」

「ふふふ……おまえさんなど、黙っておいで。わたしのことばは、このお娘御の胸にはぎくりとこたえるはず……おまえさまはいまにも底の知れない恋慕地獄に落ちようとしておいでじゃな。かわいそうに……そのご器量とご人品では、どんな殿御とも添い遂げられようものを、思えば相手が悪かった。じれてじれてもだえ死に……これも前世の因果とはいえ、なんとお気の毒なことかいな。これはとんだ頼まれもせぬ憎まれ口をききました。では、まだ足もとの明るいうちにごめんなされ」

　さっと身を翻そうとするこの老婆に、娘は死人のように青ざめて、うつろな視線を投げていた。

　これこそ、近藤京之進の一人娘、主計にひそかな思慕をよせていた園絵である。

あるとき見そめた主計の面影が、いつしか胸に焼きついて忘れられず、この恋かなわずば、わが命を断たせたまえと、いままで仏の前に心からの祈りをささげていただけに、老婆の恐ろしい一言は、鋭い短刀を突き刺すように、その美しい胸をえぐったのであった。

4

「お嬢さま、まあなんと無礼なことを申す女でございましょう。どうせ気違いの申すことゆえ、お気になさってはだめでございますよ。さあ、どうぞそちらへ……おや、どうなさいました」

「いいのよ、いいのよ、なんでもないの……」

女中もはじめて、ただならぬ園絵の顔色に気づいたような様子であった。

といいながらも、その目はむなしく人込みの中に老婆の姿を追って……。

「梅、あのおばあさんを、いま一度、ここまで呼んできてちょうだい」

「お嬢さま……」

「いいから、呼んでおいでったら」

しばらく園絵の顔と老婆の後ろ姿とを交互に見やりながら思案していた女中の梅は、人込みをかき分けながら、向こうへ駆けだしていった。

その時である。向こうの茶屋の床几《しょうぎ》から立ち上がって、園絵の方に近づいてきた一人のあだな女があった。

つげの櫛《くし》をぐるぐる櫛巻きに、珊瑚《さんご》の五分玉をかんざしにして、切れ長の目ににっこりと笑みをたたえ、鉄漿《おはぐろ》もつけない白い歯並みをちらりと見せて、園絵の方に笑いかけた。

唐桟《とうざん》、黒襟の丹前に男のような細帯を締め、園絵にはちょっと見なれぬ風体だった。

「もし、お嬢さま、お嬢さまは近藤京之進さまのお娘御、園絵さまではございませんか」

「はい、わたくし園絵でございますが」

と、けげんな顔を見せるのに、ふたたびにっこりほほえんで、

「ずいぶん大人におなりですのね。いや、あたしはお菊と申しまして、旦那《だんな》さまにはずっとごひいきになりましたもの。あなたさまが、ほれ、お乳をしゃぶっておられまし

たときから、よく見覚えておりますわ……」

世間知らずの園絵には、甘いことばの中に隠された鋭い針は、到底見分けがつかなかった。

「まあ、それは……」

といったきり、ことばの継ぎ穂に困って、もじもじしていたのに、

「実は、主計さま、早乙女さまのことなのでございますが……」

「えっ、主計さまの……」

「はい、ちょっとお耳を」

女に何をささやかれてか、園絵の顔は今はまったく生きた血の気を失っていた。

「直助、直助、早くお梅をこれへ呼んできてくだされ」

裾《すそ》をたくった半纏《はんてん》に赤樫《あかがし》の木刀をたばさんだ中間に、園絵はしずかに声をかけた。

「でも、お嬢さまをお一人に……」

「わたしはかまわぬ。急ぎの用事じゃによって、はよう参って……」

頭を下げて人込みの中をかき分けていく若党の姿に、この櫛巻きの女はちらと鋭い一《いち》瞥《べつ》を……。

「では、お嬢さま、一刻もはよう」

「では、頼みますぞえ」

園絵と女の姿はそばの路地に消え、花に浮かれた人々の寄せては返す渦の中に、ややあって引き返してきた女中と中間は血の出るような叫びを上げた。

「あっ、お嬢さまが！」

大慈大悲の観世音、鐘つき堂の時の鐘が、その声を覆い隠して、ごーんと鳴った。

5

思えば、武家の深窓に育って、世間知らずのまま人となった娘のあさはかさだったともいえる。

だが、恋とはそうしたものなのだろう。

どんな知者でも賢者でも、恋の前には盲となる。われを忘れて、ふだんは思いもよらぬことを、ふと、しでかしてしまうのだ。

だから、園絵がこの女の口車の端にのせられて、ついうかうかと、雷門のあたりから辻駕籠《つじかご》に乗せられたのも、決して無理とはいえなかった。

——主計さまが何者かに斬《き》られて街に倒れておりました。出血が多く、動かすこともできませんので、自分の家へかつぎこんで、とりあえず手当だけしておきましたが、うわごとのように呼びつづける名は、園絵どの、園絵どのと、あなたさまのことばかり。ようやく身もとがわかって、お屋敷にもお知らせしておきましたが、いまにも息をひきとられるかと……こうしてめぐりあったのも、観音さまのお導きか。いずれにもせよ、一刻も早く……。

という女のことばを信じきって、女中若党に打ち明けるのも恥ずかしく、女のあとについてきたが、宙を飛ぶような駕籠かきの足どりも、いまの園絵にはもどかしかった。

——主計さま、主計さま、わたくしの参りますまで、お気をたしかに……。

——きっとお治りになりますわ。いえ、わたくしの一念からでも、お治しせずにはおきませぬ……。

と、心に何度も繰り返しつつ、唇をきっと結んで駕籠にゆられていくうちに、えいほーと、大きな掛け声とともに、駕籠は地におろされた。

転げるように飛び出すと、そこは流れを右に見た畑の中の一つ家だった。

折からのそよ風にちらちらと青い流れに桜の花が紅の吹雪のように降りそそぐ広い庭の中に、こいきな凝った造りの家、そのうしろには大きな白壁の土蔵が高くそびえている。豪商の寮かと見える家なのだった。

「これは……」

「ここがわたしの家でございます」

「主計さまは……」

「奥の一間に……さあ、参りましょう」

手をひくように女は園絵を伴って玄関先へ入ったとき、

「お菊、遅かったじゃねえか」

と、奥からぬっと現れた白紋付きの懐手、五分月代《さかやき》の浪人がある。

これがゆうべ主計と命のやりとりをした怪人篠原一角であるとは、神ならぬ身の園絵にはなんの知る由もない。

「ああ、おまえさん。ちょっとお客さまにお会いしたからね」

「お客さまってえいうと……」

「近藤京之進さまのお嬢さまの園絵さま……」

「園絵……知らねえな、あいにくお近づきがねえよ」

と、吐き出すようにいうのに覆いかぶせるように、

「知らないことがあるもんかね。ほら、早乙女主計さまのお見舞いのお客さまさ」

「なに！　主計の！　それは珍客。失礼いたして申しわけもござらぬ。まずまずこれへお通りめされい」

彼の態度はすっかり変わってしまっていた。

6

このような奇妙な話のやりとりにも、園絵はまったく気づかなかった。

その胸を占めていたのは、主計のこと、いや、血みどろになって苦しみもがいているりりしい彼の面影のほかには何も、いまの園絵には見えもせぬ、聞こえもしない。

「さあ、こちらへ」

先に立って女の案内するのももどかしそうに、

「あの、主計さまはどちらでございますか」

「ご心配あそばさなくとも……こちらでございますよ」

女は先に立って長い廊下を、園絵の後ろからは目を光らせて浪人篠原一角が……。

渡り廊下を歩いて、女は土蔵の扉を開いた。

「こちらでございます」

「まあ、この中に！」

さすがに園絵も、いまは不思議なものを感じて、思わず後ろを振り返ったとき、
えーい。

大喝一声《だいかついっせい》、篠原一角のたくましい手がぐっと伸びて、園絵の体を土蔵の中へ突き飛ばした。

あれーっ。

絹を裂くような悲鳴を後に残して、園絵の体はよろよろと土蔵の床の上に倒れた。その背後には、がらがらと重い網戸が閉ざされて、がちゃりと鉄の錠がおりた。

「何を！　何をなさいます！」

「なんでもねえさ。しばらくそこでご逗留《とうりゅう》を願うってわけさ」

「それでは、主計さまは……」

「主計がこの家にいるなんて、それは真っ赤なうそなんだよ。ゆうべこの人に殺されそこなって、いまごろはどこかで虫の息でうなっているだろうよ」

女も本性をあらわして、長曾弥虎徹の大刀をついて立つ篠原一角と並んで、鬼女の笑いを漏らしていた。

「わたくしを……どうなさるおつもりでございます。こう見えても、七千石の旗本、近藤京之進の娘、慮外なさるとその分にはおきませぬぞ」

血を吐くような園絵の声をあざわらって、

「おい、こいつなかなか生きがいいや。まあ、もう少し弱らせて、それから料理にとりかかろうか。はっはっは」

と、大戸がぎーっと閉じられた。

いまは園絵はなんの力もない虜囚であった。一筋の恋の炎に身を焦がして、後先も考えずにみずから落ちこんだこの地獄であった。

泣いてもわめいても、厚い壁に閉ざされたこの中で、しかもまわりの人家と離れていては、しょせん聞こえるはずもない。

ただ、なんといっても育ちが育ちだった。辱めを受けようとする場合には、最後の操を守る武器、母から譲られた懐剣は、胸のあたりに秘めてある。

だが、なんのため自分がこうして捕らえられたか、その理由はどうしても園絵にはわからなかった。早乙女主計をめぐり、人魚のお富という女をめぐって、陰謀と剣の渦が、いま大江戸の街々に渦巻き上がっていようとは、思いもよらない園絵であった。

涙をふくんで見まわした。その目は土蔵の隅の屏風《びょうぶ》の上に止まったのだ。

それは六曲屏風の半双三曲、その上に描かれた絵こそ、まさしく地獄の業火であった。

7

常磐橋御門《ときわばしごもん》を出て東に進めば、そこには有名な金座がある。幕府における通貨の鋳造を一手につかさどる、いまならば造幣局に当たるべき場所であった。

この金座座頭は、代々後藤《ごとう》家の世襲の制と定められ、当時は十一代、光包《みつかね》の世であった。元来、後藤家は、江戸時代にあっては非常な名門ということができる。

その源をたどれば、美濃国今須《みののくにいます》の城主、長井《ながい》利氏《としうじ》の孫、光次《みつつぐ》が、徳川家康《いえやす》の信任を得て金座銀座を創設し、二代広世は、伏見、大坂、長崎、江戸、常磐橋、京都、駿府《すんぷ》、佐渡の金座、銀座、米座の事務を一手に掌握して、飛ぶ鳥も落とさん勢威を振るったが、それも道理、この広世は、実は家康の落胤《らくいん》だったと伝えられる。

その後、四代光重《みつしげ》は、本郷に鋳造所を新造して、元禄《げんろく》の改鋳を行い、六代光富は、浅草橋場に役所を建てて、寛永、正徳、享保、元文と相次ぐ改鋳を行ってきた。

このような名家であったが、江戸幕府そのものが最盛期を過ぎて衰微の影を浮かべてくるにつれて、この一家にも、腐敗と堕落の色をあらわしてきたともいえる。九代目の当主、光暢《みつのぶ》が偽貨鋳造の罪に問われて獄門の刑に処せられたのは、文化七年、この三十年前の出来事なのだった。

だが、それを、遠い昔の出来事よ、おろかにも私利に走った人のあわれな末路よと、一笑に付してはたしてよいものであろうか。いや、心ある人ならば、またしてもこの金座の綱紀はゆるみだし、三十年以前と同じ腐敗の色が後藤一家に漂いだしてきたことを、よもや否定はできぬだろう。

それは、後藤家の支流たる、当時の幕府、金改め役、後藤三右衛門《さんえもん》の影響が大きかったといえるかもしれない。

そして、その糸をたどっていくならば、書物奉行、渋川六蔵の名が見える。南町奉行、鳥居耀蔵の影も見える。いやいや、目に見えぬ秘密の糸は思いのほかに長くのび、吹上千代田城の奥深く、老中水野越前守の身辺までも届いていないとはいえないのだ。

それはさておき――

この日、四ツ刻《どき》（十時）、金座の奥からかつぎ出された一丁の駕籠があった。定紋こそ入っていないが、武士の乗り物と見受けられる。微行の出ましか、駕籠わきに付き添う人の影もなく、一石橋から河岸にそって、西川岸町、万町《よろずちょう》、青物町のあたりにかかった。

その時である。どこからともなく現れた一人の若衆の姿があった。

まだ前髪を落としていない十七、八のすらりとした小姓のような身なりである。におうばかりのその顔は、女にも見まほしいくらいの美少年、鱗模様《うろこもよう》の大振《おおふ》り袖《そで》に、刀の柄《つか》をしかと押さえて、しずかに駕籠の前に歩を運んだ。

「失礼ながら、その駕籠はどなたが乗っておいでござるか」

「なんだ、無礼をすると、その分にはおかねえぞ。ご身分ある方のお乗り物なんだぜ」

「そのご身分あるお方のお顔を、ちょっと拝ませてはくれぬか」

「何をしやがるんだ。この野郎。さては、おれたちをなめやがったな。それ、後棒。このさんぴんをたたんじめえ」

「おっと合点、承知の助！」

息杖《いきづえ》を手に二人の駕籠かきが打ってかかるのを刀も抜かずにあしらって、体をかわして腕をねじ上げ、ぐっと急所に当て身の一撃。

うーんとうめいて二人の倒れるのに見むきもせず、その若衆はさっと右手に腰の大刀を抜きはなった。

8

「なんだ、なんだ、あの侍は」

「めっぽう強い若衆だな」

「辻斬《つじぎ》りかい。追いはぎかい」

「ばか野郎。昼の日中に、江戸の町で、辻斬り追いはぎが出てたまりますかってんだ。親の仇討《あだう》ちにきまってらあ。十八年の天津風ときちゃあ、へい、たまらねえんねえ。お侍さん、景気のいいところを一丁やらかしておくんなさいよ。はばかりながら、大工の長六がついてますぜ」

物見高いは江戸っ子の常、たちまち駕籠を取り巻いて黒山のような人だかり、どやどやと口々に叫びはやすのを、その若衆は見むきもせず、

「慮外ながら、幕府金改め役、後藤三右衛門どののお駕籠とお見受け申した。十年前、貴殿のために命を断たれた粕谷与右衛門《かすやよえもん》の一子、小四郎。お命ちょうだいにまかり越した。貴殿も名を知る武士ならば、いで尋常にお出合いそうらえ」

「待ってましたあ」

「大和屋《やまとや》ア、たっぷり願いますぜ」

群集は、いまにも親の仇討ちの大立ちまわりが始まるかと、木挽町《こびきちょう》の春芝居でも見るように、固唾《かたず》をのんで待ち構えている。

その上に、駕籠の中から、りんとしたさびを含んだ男の声がとどろくように響きわ

たった。

「無礼者め！　あわててひと間違いをいたしおったか。慮外をなすと、その分には捨ておかぬぞ。南町奉行、鳥居甲斐の駕籠と知って、この乗り物に斬《き》りつけたのか！」

思わず意気込む腰を折られて、色を失いたじたじとした若衆の前に、地に投げ出された乗り物の戸がぎーっと開いて、大刀片手に悠然と立ちいでたのは、黒羽二重の紋付きに威儀を正した鳥居耀蔵。四十五、六の男盛り、浅黒い肉のしまった小太りの顔に、鷲《わし》のような両眼を見ひらいて、きっと若侍をにらみつけた。

粕谷小四郎と名乗った武士は、刀を捨て、色を失って、その前に平伏した。

「鳥居さま、ご奉行さまとは存じませず、とんだ失礼をつかまつりました。不調法の段は、このとおり、七重の膝《ひざ》を八重に折って、幾重にもおわびを申し上げます」

「よい、よい、過ちはだれにもとかくありがちのこと、さほどに深くわびるには及ばぬ。したが、そのほうはただいま後藤三右衛門を父の仇《かたき》とか申したのう」

「はっ、いささか含む由もあって、仇とねらいおりまする……」

「その子細を、余に聞かせてはくれぬかのう。ちと存じよる次第もあることじゃが……」

「はい、ご所望とございますれば……」

「それでは、そこまで余の供をいたしてまいれ。くわしく聞いてとらすであろう」

「では、おことばに甘えまして」

ぱちんと鍔音《つばおと》高く大刀を鞘《さや》に納めた小四郎の袖《そで》に、ひらひらと彼岸桜の花が散った。

9

その夜、松平出羽守下屋敷の裏口から担ぎ出された一丁の武家乗り物があった。中には、左の腕を厚い包帯で巻いた手負いの早乙女主計。望みによって帰宅を許され、四谷塩町の自分の屋敷へ立ち帰ろうとするのである。

腕には愛刀相州国広、懐中には楓の方から取り返したあののろわれた死人の銭が大事にしまわれているのであった。

――よし、これさえ持って帰れたら、あの男にも、お富にも、あわせる顔があるというもの。あすにでもお富の家をおとずれて、これを渡してやるとしよう。

と、主計はひそかに考えた。その美しい面影を思い浮かべたそれだけで、なんだか傷の痛みも軽くなったよう。心さえ浮き立ってくるのを、どうすることもできなかった。

だが、この朝、楓の方と安藤内蔵之助がひそかな密議をかわしたように、駕籠がこの屋敷の門を出たときから、主計の身にはいつとはなしに黒い魔の手が伸びてきていたのだ。

主計は知らぬ。それを知らない。

しかし、ひたひたと、やみに足音を忍ばせて、見え隠れにこの駕籠をつけてきた二人の黒装束の姿は、主計の前に待つ危難をそのまま現すものであった。

月は出ない。今宵《こよい》は厚い黒雲がひくく地上に垂れこめて、あすは花も名残の雨かと思われるばかりに生暖かい夜であった。

出羽守の下屋敷に隣して、浮蓮寺《ふれんじ》という古寺がある。それにつづいて稲荷《いなり》の社、その境内と境を接して、青黒い苔《こけ》におおわれた古沼があった。

うなずきあった二人は、足を速めて、ばらばらとこの乗り物に襲いかかった。

きゃっと叫んで逃げ出した駕籠かきなどには目もくれず、棒にさげられた提燈《ちょうちん》を切って落とすが早いか、返す刀は両わきから主計の乗った駕籠の中へ——

あわや、主計の一命も危ういかと見えた折であった。右の扉がぱっと開いて、弾丸のように飛び出した主計の体が間一髪に右からの一刀をかわすが早いか、片手に抜きはなった国広を、えいと黒装束の肩先に浴びせかけた。

だが、曲者《くせもの》もさる者である。一の太刀をかわされたと見るより早く、さっと左に身をかわして、主計の剣に虚空を切らせ、ふたたび新たな態勢に……。

くっ、くっ、くっ。

古沼からは、時ならぬこの物音に眠りを破られた蛙《かえる》の声がひとしきり。それ以外には音もなく、静まりきった夜の街に、傷ついた主計の体を左右からはさんで迫りくる殺気。

日ごろならば、これしきの敵の一人や二人など相手にまわしてひけめを感ずる彼ではない。だが、昨夜の傷の癒える間もなく、弱りきっていたその身には刀も重く、残された右の腕さえ思うようには動かなかった。

その心の焦慮を見すかすように、音もなくじわりじわりと左右から迫りきたった二本の太刀が、いつしか主計を沼のふち、黒くよどんだ水藻《みずも》の香の鼻をつくあたりまで追いつめた。

「行くぞ！」

主計の体にいかなるすきを見いだしたのか、右の男の剛刀がぐーんと低い音を立て、主計の右手の国広へ……。

10

さすがに日ごろの手練だったといえる。片手で握ったこの太刀を弾き飛ばさんばかりの一撃は、どうにかかわすこともできた。

だが、この時、間合いをはかっていた左の武士の一太刀がそのまま主計の上に落ちたら、彼もたちまち唐竹割りに斬り下げられて、ものいわぬ死体となっていただろう。

しかし、あっと思わず叫びを上げて飛びじさったその黒装束の体の乱れに、主計もようやく崩れた体の態勢を無事にとり返すことができた。

思わぬやみの中から飛んだ石のつぶてが、彼の危急を救ったのである。

「主計さま、一昨日のお返しをいたします」

甘いゆたかな女の声、やみ夜に咲き出た夕顔の一輪と思われるように浮かび上がったその顔こそ、まさしく人魚のお富であった。

「お富どのか、かたじけない！」

思わぬ助勢に力を得た主計の右手がさっと動いて、つばめ返しの一太刀に、右の黒装束をずばりと沼に斬《き》り落とした。

あっ。

虚空をつかんで落ちていく黒装束の体は、ざぶーんと高く水音を立て、ぶくぶくと底知れぬ泥沼に吸いこまれていった。

「おのれ、今度こそは逃さぬぞ……」

浮足立った左の男へふたたび伸びた主計の太刀が、二、三合はっしとやみに火花を散らし、車斬りの妙技に相手の腰を斬り捨てた。

「主計さま、お怪我《けが》がなくてよろしゅうございました……」

「かたじけない。そなたのご助勢がなくば、今宵はそれがしも三途《さんず》の川を渡っていたかもしれぬのだが……」

「そんなにお礼など、とんでもない。一昨日のこともあり、相身互いでございます」

――相身互い、それ以上のことばを、主計は期待していたともいえる。しかし、今宵の主計には、その前に確かめなければならないことが残っていた。

「お富どの、この曲者は何者であろうの」

「わたくしがたしかめてみましょう」

乗り物の中から取り出した付け木火打ち石で、お富は提燈に火をともした。しなやかなその両手が、手早くその男の覆面をはぎとっていく。

「あっ、この顔は!」

主計は思わず叫びを上げた。

「ご存じでございますか」

「いかにも。たしかに当出雲家の家中、小林とか名のった武士にまぎれもない。さてこそは……」

目じりを上げて、主計はやみに眠って横たわる下屋敷の建物を見つめていた。

昨晩のまぼろし小僧のことばといい、楓の方の態度といい、今夜の怪人物の正体といい、すべてのなぞの中心は、この出雲屋敷にあることは疑いもない!

「主計さま、それではお気をおつけになって。わたしはこれで失礼を……」

立ち去ろうとしたお富を見て、主計はするどく声をかけた。

「待たれい。まだ借り貸しは済んでおらぬ」

「借り貸しとは……」

「そなたに渡す一品が……死人の銭とか申す品、そなたはいらぬと申すのか……」

金座秘録

1

死人の銭、といわれたとき、お富はぎくりとしたようだった。

懐紙でぬぐった血刀をぱちりと鞘《さや》に納めると、

「それはどちらにございます」

と、思わず主計の顔をのぞきこんだ。

「さあ、ここに」

主計は、傷つかぬ右の手で、懐中から懐紙に包んだ死人の銭を取り出した。

「おお、これは……」

お富は、震える手でその銅板を取り上げると、提燈《ちょうちん》の光にためつすかしつしていたが、

「違います。ああ、これもまた……」

と、血の出るようなことばを漏らした。

指の間からいつしか滑り落ちていた銅板がちゃりんと土に鳴ったのにも気づかぬくらいの、呆然《ぼうぜん》とした態度であった。

「どうしたのだ……」

主計もまたあっけにとられて、一歩踏み出して尋ねたが、お富は答える様子もない。自嘲《じちょう》のようなかすかな笑いが、いつの間にかその夕顔の花に似た美しい横顔に浮かび上がった。

「主計さま、あなたはお手をお引きなさいまし。わたくしなどという女は、今晩かぎりお忘れなされてしまった方がお身のおため、お家のおため……。

下手にこのようなものにおかかわりになっては、それこそ身の破滅でもございましょう。この一品には、わたくしもなんの用事もございません。なんの役にも立ちません。石ころ同様のものでございます。あなたさまにも、ご同様、なんの役にも立たぬ品……この古沼にでもお捨てになった方がよろしゅうございましょう。それではごめんくださいませ。これでお世話になったお礼は……」

「待て、待たれよ！　お富、お富どの」

呼び止める暇もあらばこそ、お富は顔をそむけるように躍り上がってやみに消えた。

ただひとり取り残された主計の心は、さすかに重く暗かった。去り難い。あきらめきれぬ思いがした。

しかし、不思議な話である。瀕死《ひんし》の男が、最期のきわまで、髪に隠して、お富に渡そうと焦った品、篠原一角とまだら猫お菊がそれを目当てに命をかけて、主計の行く先を執拗《しつよう》に食い下がった品。そして、妖妃《ようひ》の楓の方が忍びの追い討ちをかけてまで取り返そうとしたこの品。

それを、お富はいらぬという。弊履のごとく投げ捨てて、顧みようとしないのだ。

主計には合点のいかぬことどもだった。

だが、彼が呆然とたたずんだ間に、お富の姿はどこに消えたか――

このやみの中、ことに案内も知らぬ道、追うにもその跡は追いかねた。

かすかな苦笑を浮かべながら、彼はまたその地に落ちた死人の銭を拾い上げた。

――よし、たとえ何年かかればとて、どんな難事に直面しても、この事件のなぞと、お富の秘密は解いてみせるぞ。

かたく心に決して、彼もまたやみのかなたに足を返した。

2

主計は、その夜、四谷の家へ帰りつくなり、はげしい悪感に耐えかねて、崩れるように床についてしまった。

左腕の弾丸は抜き取ってはあったが、そのあとに、今日でいう破傷風かなにかの病菌が入りこんだのでもあろう。

しばらくは高い熱がつづき、彼はまったく意識を失いきっていた。いくたび生死の境を彷徨《ほうこう》したか覚えもない。

ただ、幻のその中で、こちらに人魚のお富が立ち、向こうに地獄の鬼が立って、自分の体をお互いに奪い合っていたことだけは覚えている。それはたしかに生と死との闘争を表すものであったらしい。

しかし、若々しい青春の生命力が病魔の力を打ち負かしたのか、ある朝から、病勢は峠を越して、薄紙をはぐように、めきめきと快方に向かいはじめた。

「主計……主計……」

　どこかで自分を呼ぶ声がする。とろとろと浅いまどろみの夢からさめて、目を開いてみると、枕頭に座っていたのは兄の早乙女吉之丞《きちのじよう》だった。

　平素から、ともすれば肌合いのあわない仲の兄である。水野越前をはじめとする改革派の面々にも受けがよく、近く父帯刀が隠居をして家を相続したあとは、相当のお役にお召し出しがあるだろうと、人もいい、自分でもそれを自慢の兄なのだった。

「主計、どうだ、けさの気分は……」

　枕《まくら》に顔をすりつけるようにして、兄は尋ねた。

「はい、どうやらけさは、快く……」

「大事にするんだな。だが、おまえもずいぶんむちゃをするよ。神道無念流の奥義の腕はわかっているが、飛び道具で後ろからねらわれたんじゃどうにもなるまい。だが、どうして鉄砲なんかにねらわれたんだ」

「…………」

「これが火縄銃の傷だったらそんなに驚きもしないが、なにしろ南蛮わたりの懐短銃の傷ときている。いい加減、こっちも驚くさ。

　ところで、おまえには言わない方がいいかとも思ったんだが、おまえは園絵さんがかどわかされたことを知るまいな」

「えっ、そのようなことが。それはいったい、いつ、どこでの出来事でございますか」

「おまえが毎晩、夜遊びにばかり出て歩いて、いろよい返事をしないので、心配しきった園絵さんが、観音さまへお参りに行った途中のどさくさにさらわれたとかいうことだ。

　武家の娘としては、ちょっとどうだかしているさ。まあいい、近藤家では上を下への大騒ぎ。表面は病気ということでとりつくろって、内々手分けして方々を探しまわっているというが、さて、どうなりますことやらだ。なんのきずもなく帰ってこられたらまったくめでたい話だが……あんまり当てにはなるまいて。これはなんだかとんだ長話をしてしまったな。まあ、大事にしろよ」

　ついと立ち上がった兄の目に、主計は嫉視《しっし》と悪意との入りまじった不思議な光を感じていた。肉親の兄弟でありながら、昔から、この二人は妙に反発し、対立するところがあった。この兄がこうして病床を訪れてまで園絵の事件のことを話して聞かせたのも、まんざらわからぬことではない。だが、その時の主計にとって、この兄の話は、やはり、一つの大きな打撃であった。

3

花は散り、目に青々とさえ返る若葉の色もすがすがしく、薫風がそよそよと人の肌身に迫ってくる夕べ。

弾正橋にほど近い松屋町の屋敷で、曾根俊之輔《そねしゅんのすけ》は書見の机から顔を上げた。

色白の、病的なほどに青白くさえた顔色、やせぎすの面長の顔にひらめく漆黒の目。

禄高《ろくだか》こそは二百石、物の数にも入らなかったが、北町奉行所同心として、剃刀《かみそり》同心、役者同心の名も高く、南北の両町奉行所を通じて、頭と腕の切れ味では並ぶ者もないといわれたほどの英才である。

されば、当時の江戸の落首にも、
遠山に過ぎたるものが二つあり

吉野桜に曾根の捕り縄
とうたわれたほどの傑物。これを同じく、
十人の中で鳥居のない男
たれが目ききで出たか耀蔵
などの落首と比べると、江戸の人気の帰するところはおよそ見当がつくであろう。
まことに彼は、泰平の世に世襲二百石の旗本の世継ぎとして生まれるにはもったいな
さすぎるほどの大器であった。町奉行、遠山左衛門尉もつとにその才を認めて、
「世が世ならば、一国一城はおろかなこと、天下をもうかがうほどの風雲を巻き起こし
かねない大器量だが……」
と、ひそかに嘆息を漏らしたとさえいわれている。
当時わずか三十二歳。なぜか妻もめとらず、まだ独身の暮らしであった。
「旦那《だんな》さま……」
廊下に聞こえた女中の声に、彼は静かに振り返った。
「なにごとじゃ」

「はい、ただいま深川から銀次が訪ねてまいりまして、旦那さまにお目通りを願いおりまする」

「銀次……隼《はやぶさ》か」

彼の漆黒の両眼は、そのせつな、爛々《らんらん》と燃える光を放ったが、

「珍しい客人じゃのう。お通し申せ」

と、かすかな笑みを浮かべていった。

やがて、浅黄の縞半纏《しまはんてん》、盲股引《めくらももひ》きの隼銀次が、朱房の十手もいかめしく、廊下に俊敏な姿を見せた。

「旦那、ごめんくださいまし」

「おお、銀次か。久しぶりじゃのう。そのほうも元気でなにより結構、結構。さあ、それは端近《はしぢか》、ちこうこなたへ参るがよい」

「はっ。それでは、おことばに甘えまして……」

膝《ひざ》でにじり寄ってくる銀次の顔を打ち見やって、

「銀次、きょうはなんの用向きで参ったのじゃ」

「旦那……」

といいかけるのを、皆までいわせず、

「もうそのほうが現れることと思って、実は心待ちにいたしておったのじゃ」

「えっ、旦那はそれをご存じなんで……」

「こう見えても、曾根俊之輔、眠ってはおらぬ。この二つの目は、節穴などとはわけが違うぞ」

「恐れ入りやす。それでは、旦那……」

「図星をさしてみせようか。そのほうがいま心魂を傾けてやせ衰えるまでに苦心をしているのは、まぼろし小僧の捕縛のことか、人魚のお富の正体か、それともまた死人の銭の隠す秘密か、この三つのほかには出ぬと思うが、どうじゃ」

4

捕り物名人といわれたほどの銀次であったが、やはりこうして図星をさされると、思わず知らず頭が低く下がってくるのを、どうすることもできなかった。

──ああ、偉いもんだ。こうして黙ってお屋敷にただ座っていなさるだけで、世の中のことは隅から隅まで見通し、物事にもちゃあんと目を外さずにいらっしゃる。

床柱を背に端然と座っているすらりとした俊之輔の長身が、小山のように堂々と、威風座を圧するばかりに見えたのだった。

「さすがは旦那、剃刀《かみそり》同心といわせなすったご眼力、まったく恐れ入りやした」

銀次の額は、びっしょりと、玉の脂汗にぬれている。

「いや、そのように恐れ入らずともよいことじゃ……銀次。だが、この三つの事件を別々に独立した三つのものと思っておるか」

「と申しますと」

「これは三つの事件ではない。一つ、いや、二つかのう。その大陰謀の一角ずつが、偶然に、何かの拍子で、水上に姿を現したまでのこと……。

そのいずれも、銀次、そのほうなどがいかにあくせくいたしても、解決できる事件でないわ」

「………」

「みどももまだまぼろし小僧の正体は知らぬ。だが、彼の出没する跡を見れば、彼の心も推し測れる。彼が忍び込む大名屋敷は、みな水野越前どのの鼻息をうかがいおるがごとき諸侯の屋敷。襲う町人豪商は、すべてみな、鳥居甲斐守、あるいは後藤三右衛門と機脈を通じている者にかぎる……」

手のひらの上を指さすように物語る曾根俊之輔の明察だった。

「次に死人の銭なのだが、銀次、そのほうは、今を去る三十年前、金座後藤家にまき起こった大陰謀を存じておるか」

「はあ、詳しくは存じませぬが……」

「文化七年のことであった。金座後藤家、九代の当主光暢《みつのぶ》は、偽貨鋳造の罪に問われて、獄門の刑に処せられた。そして、その後を襲って、金座座頭、金改め役の位についたのは、当時の銀座年寄、後藤三右衛門孝之《たかゆき》、今の当主、三右衛門光亨《みつゆき》の父にあたる。徳川家の血をひき、権現さまのご落胤《らくいん》といわれる、金座後藤家の本流は、文化七年に断絶しておることになるのじゃぞ」

「…………」

「拙者も、役儀の手前からも、お上ご政道の是非に対して、みだりに私儀をはさむことは許さるべきことではない。

だが、拙者が古い記録を調べ、現在、後藤三右衛門の所業性格を思いあわせ、考えついたことが一つ。銀次、耳を貸せ」

声をひくめて、俊之輔がにじりよった銀次の耳にささやいた一言……。

「それじゃあ、旦那、光暢さまは無実の罪で……」

「ぬれぎぬを着て、だれかの罠《わな》に落ちたとより、いまの拙者には思えぬのじゃ。ただ、その陰謀の筋書をだれが書いたか。これもいうべきことではない。

ただ一つ言いうることは、この五枚の死人の銭という銅板が、光暢の捕らわれるまで、金座後藤家の家宝として伝えられたる品ということ、これだけは、そのほうにも言ってとらせてよいであろう」

5

なおも同心曾根俊之輔の鋭いことばは続いていく。

「昨年秋から、この銅板を握りしめて、袈裟《けさ》がけの一太刀に命をとられた男の数は、すでに三人に上っている。

身元もわからぬ。懐中物も、なに一つとしてなくなっていない。しかも、その斬り口は、たしかに一人の業と見えた。

物取り夜盗の仕業ではない。だが、そのように人の命を奪ってまでねらいをつけた死人の銭……それをその場に残すとは。ここに大きな秘密がある。

五枚のうちの三枚は、ねらう品ではなかったのだ。おそらくは、その一枚は、大きな秘密がひそみ隠れているのでもあろうか。

問題は、あとの二枚のうち一枚が、どこに残されているかなのだ」

「旦那《だんな》、実は、そのことにつきまして、早乙女主計さまと申すお旗本が、その一枚をお持ちになって、てまえどもへおみえになったのでございます」

「早乙女主計……帯刀の二子、いまえたいの知れぬ鉄砲傷で養生をつづけている……。

なるほどな。銀次、そのほうは、旗本近藤京之進の息女、園絵が、先日、浅草観世音の境内から、だれとも知らぬ女のためにかどわかされた事件を知らぬか」

「はい、それがその……」

「家の体面を考えて町方には届けぬはずゆえ、そのほうどもの知らぬのも無理はないが、近藤京之進は鳥居甲斐とは格別の間柄ゆえ、南町奉行所の同心与力は、いま必死に、その捜索にあたっている……ところが、銀次、その園絵は、早乙女主計を婿養子にと所望してまいった女なのだ。ここにもまた大きな秘密が横たわっている」

ずばりずばりと肺腑《はいふ》をえぐる感がある剃刀同心のことばであった。

「旦那、それでは、人魚のお富は……」

といいかけた銀次のことばをさえぎるように、曾根俊之輔ははははと笑った。

「銀次、それだけは、いましばらく待つがよい。敵も味方も、あの女だけは殺そうとするわけがない。お富を殺してしまったら、それこそ元も子もなくなるわ」

「それはいったいどういうわけで」

「それはいえぬ。吹上千代田城の土台骨をゆるがすような大秘密の鍵《かぎ》を握っている女。これからも、理解のできぬ行動をまま繰り返すではあろうが、銀次、心していたわってやれ」

「はっ」

何かは知れぬが、言外に万鈞《ばんきん》の重さをこめた彼のことばに、銀次はただ恐れ入ってひれ伏すばかりであった。

全然、役者が違うのだ。銀次はいつか首から背筋にべっとり汗をかいていた。

「旦那、それでは、てまえはいったいどうしたらよろしいんでございましょう」

「南の同心、与力衆の鼻を明かしてやるつもりはないか」

「旦那、それには……」

と、膝《ひざ》を進める銀次の上に、

「女を探せ！　園絵どのをかどわかしたという女は、ただの素人女ではない。脛《すね》に傷持つ凶状持ち、または白むく鉄火の女。

そうした女のその中からその下手人を探し出すのが、まず第一の方法じゃぞ……」

6

浅草馬道、宝薬師のほど近くに、町内の鳶頭《とびがしら》の家かと思われるこいきな造りの住まいがあった。看板には、古物商、千代野屋、などという真新しい木の看板が出してあるが、中をのぞくと、どうしてどうして、古道具などありはしない。目つきの鋭いいなせな若い男たちが、朝から夜まで、ひいひい悲鳴を上げている——三月八日に発布された入れ墨禁止令の後、あわてて看板をかけ直した入れ墨師彫千代の仕事場だった。

なんといっても峻厳《しゅんげん》を極めた天保の改革のことである。その当時、公布せられた法令を見ても、往来にて婦女の衣服を脱がせ調ぶるごときものがあれば町奉行所に届け出でよ、というような一条があるが、下僚の中には、法をかたに、こうした非常識な手段までとった者があったことは想像に難くはない。

七代目団十郎が贅沢奢侈《ぜいたくしゃし》のとがめによって江戸払いの刑に処せられたのも、この後まもなくのことである。さらに極端を行ったのは、女髪結いを奢侈の業として厳禁し、髪を結った女も、結わせた女も、ともにその髪を切り、髪結いは青竹で百たたきの上、百日の入牢《じゅろう》、その夫は三十日手錠のうえ科料三貫、その家主は科料三貫、結わせた女は三十日の手錠、その親や夫は科料三貫と重い厳罰を課したこと、したがって、当時の記録にしるしていわく、

この節、ところどころに女の坊主出来候、と——

この一例をもってしても、当時の江戸のありさまが、ほぼ想像はつくであろう。

したがって、当時江戸の伊達《だて》を競った男女の間にもてはやされた入れ墨が厳禁されて

しまったのも、当然といえば当然のことである。

さすがに、彫千代の仕事場も、この半月ばかりというものは、ばったり客が絶えていた。江戸の市中に名を打った名入れ墨師彫千代も、きょうは朝から奥に大の字、やたらに天井の節穴ばかり数えていた。

「なあ、お久、こうして仕事がなくなって、久しく針を握らなくなるてえと、腕がむずむずしてくらあ。お客が朝からたてこんで、飯を食う暇もなかったときにゃあ、気に入らねえお客にゃぽんぽんけんつくをくらわして、おととい来やがれ、という挨拶《あいさつ》しちゃあ帰したが、こうなると、こっちから頭下げても彫らしてもらいたくもなる。まさか、犬猫を捕まえて入れ墨を彫るわけにもいくめえし……おまえに何か彫ってやろうか」

ふてくされたように彫千代がいいかけるのに、玄人あがりと思われる色白丸顔の女房お久も針仕事の手を休めて、

「まあ、いやだねえ、この人はさ。そんなことをいったって、あたしの体にゃあもう白いとこなんか残っていないよ。菅原《すがわら》の時平公じゃあるまいし、顔に青い隈《くま》を彫るなんてごめんだよ。

そんなに力を落とさなくたって、こんなに火の消えたようなご政治がそんなに長くつづくじゃなし、まあそのうちに世も直るから、それまで辛抱してるんだね」

彫千代はむっとしたように黙りこくった。天井の雨もりのしみをながめている間に、いつか豊満な人魚のお富の裸身が白くその目の前に映ってきた。

——ああ、ああした女を彫ってみてえ。思う存分、腕をふるって、心残りのねえ仕事を、今の今からでもしてみてえ。

と、ごくりと生唾《なまつば》をのんだとき、玄関の格子ががたりと開く音がした。

7

「お久、お客じゃねえか、見てきねえ」

「まあ、いやだね。おまえさんったら、食いつきそうな顔をしてさ。こうしたときのお客ときちゃあ災難だよ。ふだんより何層倍も痛い目にあわされること請け合いだね」

と減らず口をたたきながら、女房は縫いかけの浴衣の手をやめて玄関口へ。

「おまえさん、たいへんだよ。目明かしが……朱房の十手を光らして、そこに怖い顔して立ってるんだよ」

すがりつくように耳もとにささやいた。お久のことばに、彫千代はがばとばかりはね起きた。

「なんだ、目明かしだって。こいつあたいへん。だが、まあいいや。お客に仕事をしてねえんだから、なんとでも言い訳がつくってことよ」

と、口の中で独り言のようにいいながら、玄関の障子をがらりと開けた。

「なんだ、隼の親分さんじゃありませんか。めっぽういいお天気で、結構ですねえ」

朱房、銀磨きの十手を腰に立っていたのは、隼銀次その人である。

「彫千代の親方、久しくお目にかからねえが、まあ、そっちもお元気でなによりだね。ところで、商売の方は繁盛かい」

「と、と、とんでもありやせん。入れ墨の方は、この八日のおふれが出てからぶっつりと。表の看板を見てくだせえな、こっちは商売替えですぜ」

「いいってことよ。なにもこっちは首くくりの足を引っぱるようなむごいこたあいわねえから、あんまり表向きにならねえようになあ、古物商の方をしっかりおやんなせえ。

ところで、親方、おまえさんにひとつ聞きてえことがある」

「そのお尋ねっていうのは、いったいどういうご用で……」

「こんなことを聞くなあなんだが、親方は、女の凶状持ちの入れ墨を、頼まれて直してやったこたあねえか」

彫千代はなにかぎくりとしたようだった。


入れ墨は、死罪、流罪に次いでの、江戸時代の刑罰の一種である。一犯の凶状持ちに対しては、肱《ひじ》の下の腕のまわりをぐるりと輪に一筋。二犯となればさらに一筋。三犯以上を重ねたときには、死罪が掟《おきて》となっていた。

この入れ墨の凶状持ちを、俗に入れ墨者という。一度こうした烙印《らくいん》をおされた上は、凶状持ちよ、入れ墨者よとあざけられ、冷たい視線を浴びせられて、人並みの交わりはできないのだ。

それを消す方法といってもありはしない。ただその上に絵模様の入れ墨を彫りこんで、その入れ墨をまぎらせてしまう手段が残されていた。俗に、入れ墨を直す、という。

そのために、入れ墨のない人間が腕に入れ墨を施すときには、肱の上だけでとめるか、あるいはまた入れ墨を施すべき場所だけわざと一筋白く空かして、入れ墨を直したわけではないぞ、と無言に暗示したものである。

入れ墨を直した場合、発覚すれば、またあらためて入れ墨の上、江戸払いとなる法令ではあったが、さらに罪を重ねない以上は、黙認されるならわしであった。

ことに、凶状を持つような女の場合には、入れ墨を直さぬ者は一人もなかったといえるくらい、それが通例だったのだ。

8

「さあ、それが……」

「昔のこたあ聞かねえぞ。この一、二年、そうだな、小股《こまた》の切れ上がった色の白いいきな女で、そんな心あたりはないかしら……」

「あいにく、こちらはございません」

「まだら猫お菊と二つ名のある女だが、親方は覚えがねえというんだね」

「知りませんねえ」

「そうかい。まあ、知らねえものは仕方がねえが、実のことをいうと、ちょっと調べの筋があって、その女のいまの住まいが知りてえんだ。入れ墨を直すからにゃあ、本職の入れ墨師にかかるしか手はねえし、まあ、いろんな話の合い間にでも、住まいのおよそはわかりゃしねえかと、こう思ってやって来たんだが、こうした人相の女だぜ」

銀次は、懐中から一枚の人相書きを取り出して、相手の前に広げてみせた。

「さあ、いっこう覚えがありませんねえ」

「ああ、そうかい。それじゃあ、これからこうした女が出まわったら、ちょっと使いを走らしちゃあくれねえか。お邪魔しやしたね。ごめんなせえよ」

銀次が出ていったその後で、二人は思わず互いに顔を見合わせた。

「おまえさん……」

「お久、たしかにあの女だったなあ。ほら、あれよ、去年の夏にやって来た……腕いっぱいに、しようことなしに、牡丹の散らしを彫ってやった……」

「そう、そう、たしかにあの人だよ」

二人は顔を見合わせて、しばらく無言の行だった。

銀次がこうして彫千代とまだら猫お菊の関係に目をつけたのも、決して理由のないことではない。

曾根俊之輔に女を探せといわれたとき、銀次の胸には、ぱっとひらめくものがあった。さっそく、翌日、近藤家から暇を出された中間をたずね、女の人相、風体を聞き出しているうちに、このまだら猫お菊の面影が次第に浮かび上がってきた。彫千代がその入れ墨を直したとも、風のたよりに聞いていた。それでこうして訪ねてきて、一応、探りを入れたのである。


さて、その昼は、訪れてくる客もなく、早めに堅く戸締まりをして寝につこうとした彫千代の雨戸をたたく客があった。

「どなた、どなたです」

「親方さんにお願いがあって。ちょっとこの戸を開けてくださいな」

小首をかしげてお久の開けた戸の陰ににっこりと笑いを含んで立っていたのは、櫛巻《くしま》き姿もあだっぽいいきなつくりの丹前姿。きょうの人相書きそっくりの、まだら猫お菊でなかったか。

「まあ、おまえさんは……」

「遅く上がってごめんなさいな。親方さんにお願いがあってこうして上がりましたが、もうお休みでござんすか」

「いいえ、まだ起きちゃあおりますが、まあどうぞお上がんなさいまし」

仕事場になっている四半畳、緋《ひ》の毛氈《もうせん》の上に相対した彫千代とお菊。二人とも、なにか心に一物を抱いたようなにらみあい。

「お菊さん、どうだい、その後は元気かい。ところで、今度の仕事というのは、いったい何だね……」

といいだすことばをさえぎって、

「いいえ、あたしではございません。親方に、ぜひ、一番、腕をふるっていただきたい女肌がありまして……」

9

入れ墨師にとって最も魅力のあるのは、色白く、絖《ぬめ》のように肌目の細かく底光りする女の肌、ぴちぴちとした若い女の体だという。

その裏にどうした意志がひそんでいたかは知れず、人魚のお富の裸身を見て、あのようにほれこんでしまった彫千代ではあった。

この一言を聞いたとき、ぴくりと眉《まゆ》を上げたのも、決して無理なことではない。

「そうさ。頼まれたとなりゃあ、腕いっぱいの仕事をしねえでもないが、なにしろ入れ墨はこの八日からきびしい法度になってるぜ。それを承知で来なすったか」

「はい、もちろんそれは承知の上で」

「場所は……」

「親方さんもおっしゃるとおり、ご法度破りのことですから、ここじゃあ人目にかかってもと……おいでを願いたいんです」

「そうだねえ。体を見なきゃあわからねえが、その女ってのはいくつだい」

「ことし十八になりました」

「肌は」

「女のあたしでもほれぼれするような白い肌、傷ひとつだってござんせん」

「もちろん、男は知ってるんだろうな」

「それが、親方さん、まだだれひとり男を知らない生娘なんです」

「それで、図柄は……」

「親方さんと本人のよろしいように、話し合いで……」

「うーむ」

手をこまねいて太い吐息を漏らしていた彫千代の顔には、いつしか、みるみる生気がみなぎってきた。

「よし、行こう。ところで、いつから始めなさる」

「親方さえよろしかったら、今夜からでも。そのつもりで駕籠《かご》は待たせてござんすわ」

「じゃあ、ちょっと支度をするまで待ってくれ……」

座を立って隣の部屋に入ってきた。彫千代の耳に、さっきから襖の陰で聞き耳を立てていたらしい女房のお久が、

「おまえさん、大丈夫かい」

とささやいた。

「心配することあねえってことよ。入れ墨師が女の肌の前で死んだら本望でえ」

「でもねえ、おまえさん」

「いいってことよ。早く支度をしてくれねえか」

いいだしたら後へは引かない一徹な夫の気性をのみこんでいる。お久はそれ以上なにもいおうとしなかった。

手早く着替えをすませると、下絵の帳面と道具の箱を浅黄の風呂敷《ふろし》きに包んで、彫千代はお菊とともに家を出た。

初夏としては珍しいほどさえた星月夜であった。はるかかなたの西空に、長く尾をひいた大きな流れ星——

えいほー、えいほー。

掛け声も勇ましく飛んでいく二丁の駕籠は、いずこをさして行くのだろう。

今夜の入れ墨の所望の主がだれなのか、彫千代は何も知らなかった。彼は、ただ仕事したさの一念から、けさの銀次のあのことばも、まだら猫お菊の凶状も、すべてを忘れきっていた。

まして、自分の後の駕籠の中で、お菊がにったり不気味な笑いを浮かべていたのに気のつくはずもなかったのだ。

いや、そのお菊さえ、いつの間にか、自分たち二丁の駕籠をやみに追ういま一丁の駕籠のあることまでは、到底、気のつくすべもなかった。

疾風紅炎

1

夜深く、そよ風薫る江戸の街。

えいほーと、勇ましい掛け声とともに宙を切って、まだら猫お菊と彫千代を乗せた二丁の駕籠《かご》が届いたのは、七十六間の吾妻橋《あずまばし》に隅田の清流をわたり、さらに源兵衛橋《げんべえばし》を越え、水戸どの下屋敷の塀を左に見て寺島村に入ったところの家であった。

この家に、浅草寺からかどわかされた娘園絵が幽閉されていたことは、もとよりここでいうまでもない。

「へい、お待ちどおさま」

と、汗をふきふき駕籠かきが駕籠のすだれをかき上げるのに、ちらりと白い歯でほほえんで、

「夜道をご苦労だったねえ。はい、これはお駄賃、これは酒代だよ」

「へっへっへ、めっぽういただいて、すんませんねえ。おい、後棒、お礼をいいねえよ」

「どうも、姐《ねえ》さん、おおきにありがとう存じます」

と、米つきばったのようにぺこぺこ頭を下げるのにはもう目もくれず、

「親方、たいへんお待ちどおでした。はい、着きましたよ」

「そうかい。ここがその家かい」

といいながら、彫千代もばらりとすだれを上げて外に出た。

「えらく寂しいところだね」

「なあにね。別に狐《きつね》や狸《たぬき》も出やしませんよ。江戸の市中じゃなくっても、河ひとつ越えりゃあ浅草なんですし、それほど寂しくもありません。さあ、どうぞ」

提燈《ちょうちん》に足もとを照らされながら、彫千代は入れ墨の道具と下絵帳の入った包みをかかえて玄関をくぐった。

「おまえさん、いま帰ったよ」

「お菊か、えらく早かったな。して、彫千代は……ああ、これは彫千代の親方か。まずまずこれへ」

白紋付きの着流しで、篠原一角、今宵はばかに上機嫌、ほろ酔い加減で、小唄でも口ずさみそうな顔である。手燭《てしょく》をさげて、彫千代を奥の一間に案内した。

こいきな造りの八畳である。

「いまちょっと当人に知らせてきますから、親方さん、しばらく一服やっておくんなさいな」

と言い捨てて奥へ姿を消したお菊は、なかなか帰ってこようとしない。

彫千代はなにか不安な気持ちになった。目の前でにやりにやりと愛想よく笑っている武士の姿も、えたいの知れぬ気味悪いものに思われてならなかった。

「もし、旦那え、入れ墨をご所望という娘御は、どこのどういう方でござんす」

「どこのだれでもいいではないか。そのほうはそのようなことを聞くには及びはせぬ。肌があり、針を進めればそれですむこと。入れ墨師の冥利《みょうり》につきるような美しい女の肌を見せてやるわ」

「親方、用意ができました」

帰ってきたお菊が、廊下で声をかけた。

2

「旦那、お菊さん、土蔵の中でござんすか」

彫千代は、いぶかしそうな視線を、二人の方に投げた。

「ちと子細があってのことじゃ。許せよ」

「親方さん。この人もこう申していますけど、わけは後でゆっくりお話ししますから、どうかよろしく頼んますよ」

「それじゃあ、ごめんなすってください」

彫千代は押されるように網戸をくぐった。土蔵の中とはいいながら、八畳いっぱい畳を敷いて、絹の夜具布団が敷かれ、じーんと燈芯の灯が燃えている。何かは知らぬが、ただよう空気になまめいた女の香りがあったのだ。

「どなたが彫りたいとおっしゃるんで」

「見えぬかのう。それ、そこに」

片手についた大刀の鞘で指さす褥《しとね》の上に、厚い夜着をかぶってうずくまっている人の姿があるのだった。

「ごめんなすって」

と、ひざまずいた彫千代は、片手に夜着をはねのけた。

あっ？

思わず彼も叫んでいた。一糸まとわぬ全裸の姿で、うつぶせに、布団の上に横たわっている女の姿が見えたのである。

洗ったばかりと思われる烏羽玉色《うばたまいろ》の散らし髪も人魚ようになまめいて、真珠と見える柔肌の肩に大きく漆黒の弧線を描いてたれかかっていた。女の肌を見つくしたこの彫千代も、驚きの目をみはったほど。汚れを知らぬ生娘の、つややかに、はりきって、指一本触れただけでもその跡に薄黒いしみができるのではないかと思われるくらいに、清らかな羽二重肌にちがいなかった。

三人の六つの視線が食いこむようにこの肉体の上に注がれているのに、女は知ってか知らずにか、一言もものをいう気配もない。ただ絶え間なく吐き出している大きな息とともに、肩が震え、乳房が動き、腹のあたりの筋肉が小刻みにかすかな上下をつづけている。

「このお方でござんすか」

「そうじゃ、そのほうの腕いっぱいの針をふるって、この肌に恥ずかしからぬ仕事を残してはくれぬか」

「だがねえ、いったん針を入れ、肌を破って墨を入れるからにゃあ、泣いても悔いてもわめいても取り返しのつかねえのが入れ墨の法、見たところ嫁入り前の娘御とはにらみましたが、本人によもや否やはありますめえね」

「親方さん、大丈夫ですって。このあたしが太鼓判をおしまさあね。あたしの腕の牡丹《ぼたん》を見て、こんな入れ墨が彫ってみたいというもんで、こうして呼びに行ったくらい。後でご迷惑はかけないから、思う存分、腕をふるっておくんなさいな」

そばからお菊が、いらだたしそうにことばを添えた。

「お菊さん。おまえがそんなにいうのなら、この彫千代にも異存はねえが……」

といいかけながら、彫千代は女の横顔をのぞきこんで、たちまちぎくりとしたように、

「もし、旦那、この娘御は眠っていやすね。それも決してあたりまえにお休みだとは思われねえ。南蛮渡来のしびれ薬で身動きもできねえでいる生娘の肌を汚そうとしなさる

なあ、ちょっとひきょうじゃござんせんか」

3

「黙れ！　黙れ！　町人入れ墨師の分際で、大小たばさむ武士に向かって、ひきょう者とはなにごとじゃ。二度と無礼を申してみい、その分にはいたしおかぬ」

篠原一角は、たちまち眉間に朱を注いで、長曾弥虎徹の大刀にかっと目釘のしめりをくれた。

「まあ、おまえさん、なにもそれほど言わなくても……」

と、それを押しとどめたお菊も、彫千代の方を向いて、たちまち妖婦の本性を暴露してみせた。

「ねえ、親方、おまえさんも往生際が悪いねえ。こうして誘い込むからにゃあ、こっちにも思いつめた訳があってのことなのさ。ここまで事を打ち明けておまえさんに腕をふるってもらいたいと頼んだ上は、首を振られてそのまま済むか済まないか、おまえさんにもさだめておわかりのことだろうがねえ」

「それじゃあ、あっしがいやといったら……」

浪人篠原一角は、あざけるように鼻で笑うと、何もいわずに、鍔をぱちりと鳴らしてみせた。

「斬る……とおっしゃるんですね」

彫千代の額には、いつかべっとり玉の汗。ちらちら揺らぐ燈芯の火に、女の肌はまたしても息づくようににおうのだった。

「どう、親方さん、まだ覚悟は決まらないかい」

目を血走らせたお菊の声。今しもかっと大口開いて鬼女に化し、彼をむさぼり食おうとするように、ぐいと彫千代の身に近づいた。

「それで、何を彫ろうとおっしゃるんで……」

「この地獄屏風の半双を、そのまま彫ってもらいたい……」

彫千代も、憑かれたように女の肌を見つめていた視線を上げて、屏風を見た。

金泥の六曲屏風の半双に、唐紅の火炎を上げて燃えさかる地獄の業火のただなかに、牛頭馬頭の引く青塗りの車の上に、顔をおさえ、両の乳房に手をあてて、責め苦にあえぐ女の姿。それはこの目の前の娘さながら。いや、燈芯の光のゆらぐ横顔に微妙な凹凸《おうとつ》を漂わせて笑っている一角も、お菊も、青鬼か赤鬼のほかのものとも思われない。

「地獄変相図でござんすねえ……」

「承知か、不承か」

「親方……」

腕を組み、瞑目して立つ彫千代に、じーじーと燃えつづける燈芯のその音が、彼の命を刻むかと思われたのにも不思議はない。

だが、彼はこの時、ことばでは言いあらわせないような喜びを感じはじめた。篠原一角の抱く白刃も、まだら猫お菊の奸計も、いまはすべてを忘れ去った。

ただ彼の目の前にまぼろしのように浮かんで消えいくものは、名匠の渾身の腕をふるった地獄絵と、この世のものとも思えぬほどの玉を含んだ柔肌だった。

「彫りやしょう」

彼は大きくうなずいた。

「やってくれるか」

「親方……」

二人のことばも耳に入っていなかった。まして、これから自分の針を下そうとするこの美女が、紅地獄の宿命の下にいかに数奇な運命をたどっていくことか、それは予想もできなかった。

4

墨は奈良古梅園のさくら墨。朱は琉球朱《りゅうきゅうしゅ》を焼酎に溶いて用いる。

針は、筋彫りが二列二十本、ぼかし彫りが三列三十六本。めどのない絹針を、その都度、研ぎ直しては、竹の柄に結び直す。さもないと、人間の体温と血や墨や朱のためその先端が鈍って、痛みも激しく、美しい線が出ないのである。

いま小さな硯にその銘墨をすり終えた彫千代は、左手の指にはさんだ豆筆にたっぷり墨を含ませた。

「ちょっと、この娘さんを起こしてもらえませんかねえ」

「な、なんだと！」

「人間の体っていうものは、起きているときと寝ているときじゃあ格好が違いますからねえ。ちゃんと息枕《いきづえ》を突いて立っててもらわなきゃあ、下図がつけられねえんでさあ」

「下図など狂ってもかまわぬ。彫れ！」

「それじゃあ……」

軽く舌を鳴らした彫千代は、さらさらと、その白い絖《ぬめ》の肌に下絵の筆を走らせた。右の肩下、貝殻骨のあたりに、黒く線書きで、浮世絵風の女の顔が浮かび上がった。

「さすがは彫千代の親方、うまいもんだわねえ」

と、お菊の感嘆するのにも耳を貸さず、

「じゃあ、彫りますぜ」

と、筆を左手に持ちかえると、親指をてこにして、右手に持った針の束をぐっと女の肌に刺し込んだ。


針の深さは半紙三枚半である。斜めに刺して、すくうようにはね上げ、ぱちりと音をたてては皮膚を破る。――はね針という法であった。

女は声を立てようともしない。苦痛さえほとんど感じていないのだろう。死人のように身を投げ出し、大きな吐息とともに、無意識に身もだえするばかりであった。

「はっはっは、これでこの女も人並みのつきあいのできぬ体になったわけだな」

篠原一角は、墨に混じって赤黒く細い血管から吹き出してくる血の玉を見て、悪鬼のような微笑を漏らした。

「彫千代、筋彫りだけに何日かかる……」

「根をつめてこちらが仕事をしましても、背中いっぱい腕腰とこの絵をつけていきますには、ふた月あまりはかかりましょう」

「ふた月か……その間は、そのほうも一歩もこの家を出ることは許さぬぞ」

「なんでござんす」

「当今、禁制の入れ墨をこんな女の肌に彫れたら、そのほうも別に言い分はあるまいが……それがいやなら、一日も早く図柄を仕上げるがいい……はっはっは、はっはっは」

狂ったような哄笑《こうしょう》を背後から浴びせかけられながら、彫千代はぐいぐい針を進めていった。

恐ろしさに震えながらも、芸道いちずに打ち込んだ腕にはなんの狂いもなかった。

すわった目で屏風を見つめ、肌をながめて、刺してはかえす針音は、夜ならば一町四方に響くという陰にこもった音響を、土蔵の中にこだまさせた。

それにまじって、

「はっはっは、はっはっは」

「ふっふっふっふふっふっふ」

一角とお菊の笑いは、絶え間なく、勝ち誇るように響きわたった。

5

たえきれない痛さを背中に感じながら、園絵はふっと目をさました。

あいかわらず、土蔵の中に捕らわれた羽をもがれた小鳥の身の、飛ぼうとしても飛べぬ体にちがいなかった。

燈芯の火が音もなく燃えている。その体は薄い浴衣を着せられて、褥《しとね》の中に横たえられている。

人ひとり姿を見せない深夜であった。

焼きつくようなのどの渇きを感じつつ、園絵はまくらもとの水差しから茶わんについだ水を一口に飲み干した。

——だが、この肩先の、うずくような、しびれるような痛さは、どうしたことだろう。

園絵はそれが不思議でならなかった。

そっと背中に手を回して、しなやかな指先で探りまわすと、細いみみずばれのような感触が手にこたえる。

世間知らずの深窓に育った娘、園絵には、それが入れ墨の針のあとだということは、到底わかりはしなかった。

ただ、熱をはらんだ糸のような腫れが、幾筋も幾筋も背中に大きくはいまわっているのが、なんとなく不気味なものに思われた。

——もしかしたら、肌身を汚されたのではないか。

と、ぎくりと固唾《かたず》をのんだとき、まくらもとの地獄屏風の上に、ぽかりと、黒覆面に包まれたあやしい人の顔が一つ浮かび上がったではないか。

「あっ、おまえは！」

と、肌を押さえて思わず叫びを上げようとするのに、

「しっ、お声を低く。決してお嬢さんの不為《ふため》になる者じゃござんせん」

「では、そのほうは……」

「まぼろし小僧という泥棒。いや、泥棒とはいいましても、盗みはすれど非道はせず、女子供をかどわかして泣きの涙を見せようなどと、そんな大それたことをする悪党どもとはわけが違う」

「では、なんのため、この夜更けに……」

「そこは商売柄でさあ。この地獄屏風を盗み出し、お嬢さんをここからお助けしようと思って……」

「助けてくれる！　わたくしをここから助け出してくださる……」

感きわまって、園絵は、処女の恥じらいも忘れたように、がばとまぼろし小僧の前に身を投げ出した。

だが、一瞬、彼も思わず声を上げた。雪の膚に浮かび上がった青黒い地獄の図絵に気づいたのだ。

「遅かった！　遅かった！」

彼は悲痛な叫びを上げた。

「遅かった――とは、え……」

涙にうるむ目で見上げた園絵の視線をそらして、

「いえ、なにね、こっちのことでさあ。さあ、一刻も早くお支度を、あいつらの気につかねえうちに……」

手早く身支度を終わった園絵の手をひいて、怪盗まぼろし小僧は、三つに折った地獄屏風をこわきにかかえ、いつ開けたのか、表の網戸から土蔵の外へと飛び出した。

土蔵から母屋へ通ずる廊下の雨戸が一枚開いて、やみの中からむせ返るような沈丁花の花のにおいが漂っていた。

6

園絵には何か事情はわからなかった。

浅草寺からかどわかされて以来のことが、まるで一場の悪夢の長い連続のように思われたのだった。

ただ、このまぼろし小僧という怪盗は、決して自分に危害を加える意志がない。たとえ怪盗凶賊の名はうたわれているといっても、この場では少なくとも地獄に仏の出現であった。観音菩薩が形をかえて大慈の姿を現したもうかと、園絵は処女の心に感じた。

築山らしい広い庭。無我夢中に、その中を半ば突っきったときである。

「待て！」

どこからか、やみの中から、ひと声高く、園絵の耳を貫くような鋭い声があったのだ。

石燈籠のその陰から、一人の黒装束が現れた。

「なんだ！　きさまは！」

さしもの怪盗まぼろし小僧も、驚いたようにやみに相手を透かして見ていた。

「だれでもよい。きさまがまぼろし小僧という野鼠か。そのほうなどには用事がない。その地獄屏風をおいてまいれ。命ばかりは助けてとらすわ」

「なにを！」

ぱっと地をけったと見るや、まぼろし小僧の体は、屏風をこわきにかかえたまま、二、三間横にけし飛び、そのあとに、烈火の気合いと、やみを裂く紫電の跡が残っていた。

「園絵さま、早くお逃げなさいまし。主計さまもそのあたりにみえておられるはず……」

まぼろし小僧の残した声が、ぐすりと園絵の胸をえぐった。

——主計さま、主計さま……。

恋しい男の名であった。いや、そのためにこそ、恥を忍び、舌をかみ切ってもと思う心をおさえてまで、こうして生きながらえていたのではないか。

その主計が、ここにいるというのだ……。

「主計さま！　主計さま！　園絵はこれにおりまする！」

思わず叫んで小走りに走りだそうとする体は、背後からぐっと羽交い締めに抱きしめられた。

「おのれ、逃さぬ。逃しはせぬぞ！」

「あれ、何を！　何を……」

鷹の鋭い爪につかまえられた小鳥のように大きく身もだえしていた園絵は、ひくうめいてやみに倒れた。

「もろく倒れおったのう」

つぶやきながらその体を左のこわきに抱え上げた黒装束の目の前に、りんとした男の声が響きわたった。

「何者か知らぬが、その娘御をいかがなされる。早乙女主計これにあり、いまのひと声はたしかに園絵どのと聞き申した。女を渡して無事に通るか、神道無念流の奥義の前に相州国広の銹《さび》となるか」

「早乙女主計か……相手にとって不足はないわ。来いッ」

女をこわきに抱えたまま、黒装束は大上段。八方破れのかまえである。

その時ぱっと燃え上がった母屋の屋根から吹き上げる紅蓮《ぐれん》の火炎が、右手に愛刀国広を下段の構えにつけて持つ早乙女主計の俊敏な姿をやみに照らし出した。

7

病の床にふせっていた主計が忽然とこの場に姿を現したのは、もとより子細あってのことである。

今宵の七ツ刻《どき》（四時）のこと、床の中でまどろむともなく浅い眠りを続けていた主計の耳に、ばさりと低く矢の音が聞こえてきたのであった。
なにごとかと、国広を片手に雨戸をおし開けてみると、庭先の松の幹には、一本の白羽の矢が直角に突っ立っていた。
そして、その矢羽に結ばれた結び文には、
〈今宵丑満《うしみつ》ごろ、寺島村通称榎《えのき》屋敷までご足労願いたく、園絵さまの身をお渡しいたし、人魚のお富の本性についてもお打ち明け申すべく候
まぼろし小僧〉
と、達筆の走り書きが封じ込まれていたのである。
手傷を負ったといっても、主計は今はようやく気力を取り返していた。鬱勃《うつぼつ》として、その身には青春の英気があふれてきたのである。
園絵に抱いていた気持ちも、もとより憎からぬものであった。だが、それよりも、お富のなぞに包まれた前半生の秘密が解けるかもしれぬ、こういう思いが渦潮のように胸に高鳴り、たけっていた。
だが、そっと屋敷を訪れて庭のあたりをうかがうと、これはどうしたことだろうか。

一人、二人、三人、いや、十人あまりの黒装束が、音もなく庭先のやみに潜んでいたではないか。

彼も思わずはっとした。そこへこうして巻き起こった園絵の叫びなのである。

屋敷には、黒装束が火をかけたのか、火炎地獄もさながらに、見る間に火の手がまわっていた。棟がどおーんと焼け落ちると、ますます火勢を加えた炎は、ばりばりと壁を焼き、梁をのみ、夜空に高く七色の大きな触手を巻き上げた。

その火の中から一人二人と飛び出してきた黒い影が、殺気をはらんで主計のまわりに駆け寄ってくる。

助勢の力が増さぬうちに——と、主計はやや焦っていた。左手がきかぬといっても、相手はそれほどの使い手とも見えず、平素なら一刀の下に斬り捨てるには造作もなかったが……。

やはり、園絵の身が、主計には斬り込めない盤石のような盾となった。女を斬らずに相手を倒すことは、到底できぬのであった。

進むに進めず、退くに退けず、主計はまたも窮地に陥った。

ばらばらと背後に迫る足音に、踵《きびす》をかえして躍りかかったかと見るや、右に左に、火花を散らし、囲みを破って、榎《えのき》の大樹を背後にとり、ほっと一息吐いたのである。

主計は延引策をとった。

こうして、敵を身にひきつけて、進まず斬らずにいるうちに、火の手を見かけた火消し役人たちが次々と出張ってくるであろう。

そうすれば、無事に園絵が助かるかも……。

さもなければ、自分が相手に近づいて、肩先深く斬りつける間に、園絵の胸には鋭い刃がつき立てられるにちがいはない。

金色の火の子が流星のように散り乱れ飛ぶ夜空のやみに、じゃんじゃんじゃんとすりばんの半鐘の音が流れはじめた。

8

隅田川に面した若葉の土手に、先ほどから一隻の舟がもやって止まっている。

舟の主はどこかへ出かけて、なた豆煙管《まめぎせる》ですぱすぱと一人の船頭がたばこを吸いつけて待っていた。

「おや、兄貴かな」

小首をかしげて立ち上がったとき、河岸の土手端を、もみつほぐれつするようにしてこちらへ駆けくる二つの影。

「曲者、待て！　待たぬかッ」

「とんでもねえ。待ったら首が飛びましょうと」

それは、地獄屛風をこわきに抱えたまぼろし小僧と、篠原一角の二人であった。

同じ黒装束に身を包んでいたために、一角の目には、まぼろし小僧も同じ一味だと思われたのにちがいない。

おっとり刀にそりを打たせて、ここまで必死に追いつめてきたのである。

河岸の際まで駆けてきたまぼろし小僧は、逆にくるりと向きをかえ、一角の方に向き直った。

「もし、あんまりじたばたなさるてえと、その土手っ腹に風穴を開けてやるぜ」

「おのれ！　何をぬかすか」

「あんまりあせっちゃいけねえぜ。南蛮渡りの短銃は、伊達《だて》や酔狂じゃあねえからな」

篠原一角も思わずその場に足を止めた。

「どうだい。お困りなすったようだね。大塩残党、篠原一角大先生も、飛び道具の前に向かっちゃてんで意気地がねえってことよ」

「きさま！　拙者が大塩先生の……」

「大塩平八郎の片腕とうたわれたおまえさんが、どのような目的で江戸に忍んでいるかぐれえわからなかったら、こちとらの商売はつとまらねえや。幕府転覆の企ても大いに結構、おやんなせえ。

だが、人の名をかたって無断借用したり、罪とがもねえ女の子をかどわかして入れ墨を彫るなんてえこたあ、あんまり罪が重すぎるぜ」

「拙者が人の名をかたった……」

「そうだってことよ。海津屋一家をなぶり殺しにまぼろし小僧の名前を残し、地獄屏風を奪い取ったは、どこのどいつの仕業だね。おおかた、おまえさんの小手先業にちがいあるめえ」

「それじゃあ、きさまが……」

「そのとおり、まぼろし小僧でございます。盗みはすれど非道はせず、天下ご免のこの商売。ほんとうならばその首根っこをひん抜いて見せしめにでもしてやりてえが、今夜のところは一応お預け。そのかわり、地獄屏風はもらっていくぜ」

「おのれ！」

ばりばりと歯ぎしりをした一角が、飛び道具のことも忘れて、拝み打ちに躍り上がってまぼろし小僧に手練の一太刀を浴びせんとしたとき、

「あばよ」

やみに、轟然《ごうぜん》、短銃の一撃を響かせて、まぼろし小僧は転がり落ちるように小舟の中へ。

とも綱を解いた軽舟は、たちまちつつつと岸を離れた。

ひたひたと船端をたたいてくるは夜の川波。空には一面の炎の渦が黒い河水を朱に染めて、たえず怒号を続けていた。

9

下谷二長町、人魚のお富の住まいである。

今夜もまたどこをさまよい続けているのか、お富の帰りは遅かった。

「しようがねえな。このごろの姐御ってきたひにゃあ、いつも帰りが遅いじゃねえか」

と、口をとがらせてひょっとこの八。

「春だしねえ。そりゃあ、こんなに陽気が暖かくなったんだし、姐御だってもう年ごろさ。そろそろ男の人肌が恋しくなったところで、なんの不思議もねえ時分だからな」

と答えたのは、いだてんの彦吉である。

「それにしても、いつも姐御がおれたちを連れねえで一人で出かけるから、こちとらもよけいな心配するってことさ」

「わからねえかな、ばか野郎だな。忍ぶ恋路に連れは邪魔。お月さまさえ、あれあのように、ってこともあるじゃあねえか」

「この野郎!」

と、ひょっとこが拳を振り上げようとしたとき、玄関の格子ががらりと開いた。

「姐さん、お帰んなせえまし」

と、先を争って玄関に飛び出した二人の子分は、思わずおやと目をみはった。

女のような若小姓、大振り袖の前髪が、紫袱紗《ふくさ》に包んだ状箱を手に、土間に静かに立っていたのである。

「お富どの、人魚のお富どののお宅はこちらでござるかのう」

「へい、へい、人魚は手前どもでございます。何かご用で、へいへい」

と、へいつくばるのに軽く笑って、

「お富どのはご在宅でござるか……」

「それがその……」

「日影町、遠山左衛門尉さまのお役宅からまかり越した。夜分火急の用事にて、お富どのに御意を得たい」

「遠山さまのお使いで……それはそれは……さあ、どうぞお上がりくださいまし。

ところで、あいにくじゃございますが、姐御は、昼に出かけたきり、まだ帰ってねえんでござんすよ」

「いずれへ参っておられるか知れたなら、みどももそれへ参ってよいが……」

「そんなに急のご用でございますか。さて、どちらへ参っておりますことか、なんでございましたら、お言づてでも……」

「いや、どうしても拙者手ずからお渡しせねば、殿にも申しわけなき次第……」

と言いかけたときである。門の格子ががらりと開いて、帰ってきたのは微醺《びくん》を帯びた人魚のお富。

手にした折り詰めらしい包みをひょいと持ち上げて、

「彦吉、八公、いま帰ったよ。ほら、これはお土産。おや、おまえさんは……」

お富もはじめてこの美少年に気づいたような様子であった。

「人魚のお富どのでござるか。拙者は粕谷小四郎と申すふつつか者。爾今《じこん》よろしくお見知りおきを……日影町、主人遠山左衛門尉より、直々にお富どのに火急の書状をお渡し申せと、君命によりまかり越しました」

お富の顔もさっと変わった。

「えっ、なんですって。遠山の御前さまから……まあ、どうぞ。そこは端近、とにかくお上がりになって……彦、八、何をぐずぐずしてるんだい。ご身分のあるお客さまに失礼などすると、もう家へなんぞおかないよ」

「では、ご免を……」

小四郎は刀を提げて奥へ通った。

10

着物を着替える余裕もなく、長火鉢の前に立て膝に座ったお富は、するすると状箱の包みをほどいた。

黒の漆に金蒔絵《きんまきえ》で、丸に三つ井桁《いげた》の遠山家の定紋入りの文箱《ふばこ》の中に、一通の奉書の書状が入っていた。

〈取り急ぎ、夜中ながら、火急一筆申し上げ候。過日、渋谷道玄坂、黒観音における邂逅よりこのかた、御身のご苦心ご心労のほど曾根俊之輔より上伸もこれあり、不憫に存じおりそうらえども、このほどさある旧家より、死人の銭の最後の一枚、それがしの手に入りて候それがしの手にありても別に役にも立たぬ品なれども、御身においては命にもかえ難き一品と思えば粗略にもいたされず、御身の義心をめでて、それがしの手もとにとどめおき候

いつ何時にてもご来駕くださるべく、御身の悲願もこれにて光明を見いだせしこと祝着至極、大慶と存じおり候

詳しくは拝眉の節に譲り申すべく、まずはとり急ぎお知らせまで

遠山左衛門尉景元〉

声を出してこの手紙を読んでいたお富は、たちまち胸をつかれたように、何度もとぎれとぎれになった。最後のことばは、声もかすれていたのだった。

「それじゃあ、あの一品は御前のお手もとに」

「そのとおりでございます。今夜のうちにも、この書状はお富どのに直々ご披見願うようにと、殿の仰せにござりました。

夜分のことゆえ、ご光来は明日にても苦しゅうないが、鳥居甲斐どの一味の目も光っていることゆえ、あいなるべくは気づかれぬように——と、殿じきじきのおことばにてございました」

「さようにございますか。遠山さまのご厚意、お富は生涯忘れはいたしません。あなたさまは、これからどちらへ」

「これにてお役もあいすみました。てまえは屋敷に立ち帰ります」

「それでは、わたくしもご一緒に……」

「お富どの、明朝になすってはいかがにござります」

「いえいえ、あの一品を手にするまでは、夜も眠っておられません。あなたさまさえご迷惑でなかったならば、ともどもお連れなさってくださいませ」

「でも、途中、万一のことがあっては……」

「ほっほっほ、女ながらも、多少は腕におぼえもございます。家伝来の細川国広、伊達に差してもおりませぬ。あすとはいわずに、今夜これから……」

「それでは、おことばに従って、てまえもお供つかまつりましょう」

　二人はすっくと立ち上がった。

　お富は歓喜に震えていた。この同じころ、向鳥寺島の榎屋敷の中で、地獄屏風の半双をめぐって、四つどもえの凄惨な死闘が続いていることも、もちろんなんの知る由もない。

この小姓粕谷小四郎が、常盤橋御門の外で、鳥居甲斐に誤って一刀を浴びせたことも、後藤三右衛門を仇とねらう当人であることに、お富は気づいていたろうか。

内は長火鉢の中に深々の松風の音。

外には旋風かと思われるばかりの蕭々《しょうしょう》たる空のうなり。

大江戸の夜は殺気をはらんで更けていた。

暗夜行路

1

　夜もふけて、江戸の巷《ちまた》に荒れ狂う風の響きが、ただいたずらに高かった。

　思いもかけぬ吉報に高鳴る胸を抑えながら、人魚のお富は着替えのために自分の居間へ入っていった。

「あっ」

　とたんに、低い叫びが漏れた。

　いつの間に、どこからここへ現れたのか、着流しの膝を斜めに立てたまま、銀磨き、朱房の十手をもてあそんでいた女形《おやま》同心、曾根俊之輔。

「あなたは曾根の……」

「しっ。お富どの、声が高い！」

　竹の床柱にもたれたまま、彼は右手を大きく振って、

「若侍が参ったであろう。そのほういっしょに参るつもりか」

「でも、あのお方さまは、遠山さまのお屋敷からわざわざご使者にみえられたのではございませんか」

「はっはっは、賢いといっても、さすがは女じゃのう。殿はなんにもご存じないわ」

「とおっしゃいますと」

「お奉行さまの名をかたり、そのほうをおびき出さんとする手段、おおかたその行き先は読めている。鳥居甲斐、後藤三右衛門一味の陰謀にちがいないわ」

「まあ、ほんとうでございましょうか」

「はばかりながら、曾根俊之輔、この目は伊達についてはおらぬ。お奉行さまのお心の中がわかっておらぬようでは、同心職はつとまりはせぬ。鳥居一味にあわただしい空気の流れているを感じて、こうしてやって参ったのだが、まあ間に合ってなによりのこと……」

「それでは、わたしをおびき出して」

「今度こそ、御身のいだく秘密の鍵を……」

二人は顔を見合わせていた。

と見る間もなく、

「畜生！」

血相変えた人魚のお富は、国広の一刀を取り上げると、とっさに飛び出そうとした。

「待て！　待たれい！」

低くはあったが、襟をつかんで引き戻す力を持った男の声。

「お富どの、何をなされる」

「何もへちまもありますまい。あの若僧めをたたき斬って……」

「あいかわらず、気性も腕も激しいのう」

曾根俊之輔は口もとにちらりと軽いえくぼを浮かべた。

「お富どの、兵法の極意に、後の先とあるを知らぬか。相手にすきを与えておいて、打ちこむすきに切り返す。皮を斬らせて肉を斬り、骨を斬らせて命を断つ。今夜虎穴《こけつ》に入らねば、虎児《こじ》は得られぬかもしれぬぞ」

「それでは、このまま偽迎えに……」

「いかにも。しかし、そこが兵法、極意の巻。お富どの、耳を……」

耳に何かをささやかれて、お富はさっと顔色を変えた。

「それでは……そうして後藤家の……」

「そのとおり。今夜の機会を逃しては、時はふたたびめぐってきまい。いざ立ち上がるといたそうか……」

2

日本橋、東湊町《ひがしみなとちよう》、高橋に面した回船問屋、井筒屋八兵衛《いづつやはちべえ》の奥屋敷。

数奇を凝らした茶室づくりの四畳半。ちんちんとたぎる鉄釜を前にして、茶の湯の客と見せながらここに集まっていた人々は……。

鳥居耀蔵甲斐守、主人の八兵衛、出雲家の江戸家老安藤敏数内蔵之助、それに加えて金座頭幕府御金改め役後藤三右衛門の四人であった。

浅黒い顔に鷲のような双眸を光らせ、かぎ鼻といい、厚い唇といい、いまをときめく金座座頭とは見えぬいやしい風体の男が後藤三右衛門。

どことなく武家の生まれと思われぬところが顔に見えるのも、ごくもっとものことである。

彼は、元来、信州飯田の豪農の次男と生まれた男であった。その才能は、山中の片田舎に閉じ込もっているにはあまりに鋭く、その風雲の志はあまりに大きすぎたのだった。

されば、彼は若くして上方に赴き、当時の有名な大学者として知られた猪飼敬所《いがいけいしょ》の門をたたいて漢学を修め、それからさらに江戸に出て、ついに後藤家の養子となり、金座の権を一手に掌握したのである。

だが、彼の野心はそれではおさまらなかった。いかに人間の望みには限度がないとはいいながら、幕府の造幣をその手に握る金座座頭の地位こそは、あらゆる人のうらやむ地位であったはずだが……天保十一年正月には、彼は私財二十万両を御用金として奉った。そのように巧みに捨て石を打ちながら、老中水野越前守、町奉行鳥居耀蔵、勘定奉行梶野《かじの》土佐守《とさのかみ》などと気脈を通じ、幕政に直接参与しようとした。

しかし、水野越前守忠邦《ただくに》は、やはり経世の大政治家であった。彼の企図した幕政一新、天保改革の業は中途で失敗したが、彼には自己の信念があった。政治家としての抱負があった。いたずらに私利をはかり、私欲を満たすための行動ではなかった。その点では、彼は、鳥居耀蔵のような奸臣とは、おのずからその向きを異にするのである。

彼は、後藤三右衛門の力を利用しながらも、後藤家の勢力がこれ以上伸びるのを欲しなかった。

どのような手段をとってもその財力をそごうとし、まず天保十二年、霞《かすみ》ガ浦《うら》の水を鹿《か》島潟《しまがた》に疎通させる工事の相談を持ちかけたが、これはもとより三右衛門の入れるところとならず、つづいて印旛沼《いんばぬま》の干拓を企て、その費用を三右衛門に負担せしめんとしたのである。

三右衛門は、逆に、この機会を利用しようとした。彼が交換条件として水野越前守に持ち出した注文は、

まず、金座座頭の地位を高めて、お目見得《めみえ》以上の役にしようとしたことが一つ、つづいて第二に、いわゆる天保銭を改鋳して、その吹き立てにともなって当然生ずる莫大な利益を手中におさめんとした。

水野越前はきびしくこれを拒絶した。

ついに二人の間には冷たい戦いがその幕をあけたのである。

しかも、彼はひそかに、この夜、鳥居耀蔵らとともに、この一室でよもすがら密議をこらしているのであった。

3

「八兵衛、それでは、今夜のうちに榎屋敷の方はあらまし片づくというわけだな」

後藤三右衛門は、白扇を握る手にぐっと力を入れて、八兵衛の方を見つめた。

「それにぬかりはござんせん。今ごろは、あの榎屋敷に火をかけて、篠原一角とまだら猫お菊を斬り殺し、地獄屏風を手に入れて、引き揚げてまいってくるころでございましょう」

八兵衛——といえば、どうやら聞いた名である。そういえば、その顔にも、たしかに見おぼえがあったはず。あの夜、亀清の奥座敷に現れて、お富の体と千両の金とを賭けて勝負をした男、黒観音の境内で気違いばばあの庵《いおり》を襲おうとした男……それがこの回船問屋の主人なのだ。

しかも、こうして、江戸の治政をつかさどる南町奉行を前にして、ゆうゆうと火つけ強盗の手柄話をするという……これでは南町奉行所が陰謀の巣といわれるのも決して無理のないことだった。

そういえば、この八兵衛も、表面では回船問屋の看板をあげ、そこの主人でおさまってはいるが、その前身はわかりはしない。いずれは、暗い秘密の過去を前半生に秘めた男と思われた。

「重畳、重畳、内蔵どの。これで地獄屏風の一枚はこちらの手に帰したと申すものなのだが、残り半双、出羽所蔵の一枚は、こちらに譲ってくれるであろうの」

鳥居甲斐は、鋭く言いきって、安藤内蔵之助の顔を見つめた。

「されば下世話にも申しまする魚心あれば水心。たってご所望とござりますれば、献上いたしませぬこともござりますまいが……」

「わかっておる。今夜、貴殿にご光来願ったのも、その儀について、膝を交えて話し合おうと存ずるため。松平斉貴《なりたか》公を隠居させ、楓の方のお腹に生まれた当年三歳の亀千代《かめちよ》君《ぎみ》に家を継がせんという所存であろう」

「御意にござります」

「亀千代君のお種がだれか、それは問うまい。だが、旗本譜代の家はともかく、国持ち大名の世継ぎの問題ともなれば、事は容易にすみはせぬ。大老、老中、若年寄、それからそれへとそれぞれの矢玉を用意してかからねば……。

黄金の弾丸に不足があっては、事の成就もおぼつかないが……」

「地獄屛風の半双にては、不足と仰せでござりますか」

安藤内蔵之助は膝を進めた。

「いや、そう申すわけではない。だがのう、内蔵どの、御身も知っておられるように、地獄屛風の半双二枚と死人の銭の最後の一枚、その三つを合わせ持った上で、人魚のお富自身の口からなぞを解く鍵を口外させなければ、最後の秘密は解けぬのじゃ」

「しかし、甲斐さま、その秘密が解けた暁には、いかなる犠牲も心労も、春の淡雪の解けますごとくさらりと消ゆるでござりましょうが……」

「そこじゃて……内蔵どの、地獄屛風の秘密はいずれにあると思われる」

「はっ、出雲家の手に入りましてからも、絵をも裏地をも損なわぬよう、十分に念を入れて中も裏をも調べましたが、なに一つ手がかりとてもござりませぬ。隠してあるものとてもござりませぬ」

「そりゃどうあってもお富の口を割らせずには、おさまることではあるまいのう」

甲斐は大きく吐息をついた。

4

「鳥居どの、御身ともあろうお人が、昔はどうであろうとも、今ではたかが一介の町の女俠《にょきょう》ごときにそれまで手を焼かれるのはなんたることじゃ。早く、何かの理由をつけて、からめ捕ることはならぬのか」

後藤三右衛門は、いらだたしそうに、膝をたたいた。甲斐は思わず苦笑いして、

「ただからめ捕るだけなればそれほどの困難はござらぬが、あの女の背後には、われわれどもに対抗する一つの大きな力がある」

「といわれると」

「影の形に添うように、お富の行くところには、どこともなく、桜の入れ墨を全身に彫ったいなせな若い男が現れてきておりまする……」

「桜の入れ墨を彫った男！　遠山か」

「と思わねばなりますまい。ああして、町人に身をやつし、民心下情を探りながら江戸の事件の一線に立つのは、彼の常套手段。北町奉行の身をもって、はしたないことも存じますが、いまはそう申してもおれませぬ。

それにまた、剃刀《かみそり》同心とうたわれた曾根俊之輔も、陰に陽にお富を助けております し、ことに、最近早乙女主計と申す旗本の部屋住みまでお富の側に加わりまして、ことあるごとに邪魔だてばかりいたしおります」

「貴殿が遷延いたされるからじゃ。これではますます事も面倒になってまいるが……聞くところによれば、出羽どの下屋敷にもまぼろし小僧と申す怪盗が忍び込んだと申しおる。これ以上、大事をとっては、かえって上手の手から水も漏るおそれもあるが……」

「そこにぬかりはございませぬ。遠山からとの偽の書状を持たせまして、今夜、迎えを出しました」

「偽迎えか！　だれをつかわしおったのか。藪《やぶ》を突ついて蛇を出すということもあるが」

「それが不思議な縁なので。後藤どの、貴殿を仇《かたき》とつけねらう粕谷小四郎と申す若者」

「粕谷小四郎！　与右衛門の子息がこの江戸に！」

「そうおあわてには及びませぬ。一応のところは、てまえが言い含め、烏《からす》を鷺《さぎ》と言い繕っておきました。

あんな若僧の一人や二人、いつわりあざむいてこちらの薬籠《やくろう》に入れるぐらい、なんの造作もありませせぬ。今夜の迎えも、成功すればなによりのこと。万一、怪しまれて捕らえられたとしましても、その上は知らぬで、いかようにも言い開きは立ちまする」

「用がすんだらばっさりと、なんの後腐れも残りませせぬ」

「なるほどのう。さすがは甲斐どの、恐れ入った。そこまでのご深慮、ご遠謀とは存じもせず……」

「しかし、そのような手に、みすみす乗ってまいるかのう」

「賢いようでも、そこは女のあさましさ。死人の銭の一枚が手に入るということとなれば、地獄の底の奈落でもやって参るでございましょう」

人々はにんまりと不気味な笑いを浮かべていた。ほの暗くゆれる燈芯の光をあげて、その顔は地獄の幽鬼が姿を変えて地上に現れたかと思うような凄気に満ちた気味悪さ……身も凍るばかりの冷たい笑いであった。

5

「殿！」

暗い庭から、警護に当たっていた武士の鋭い声が聞こえてきた。わが事成れりというように、大刀を片手にさげて立ち上がった甲斐は、静かに入り口の戸を押しあけて、

「修理か。いかがいたした」

「粕谷小四郎、女を駕籠に乗せまして、ただいま立ち帰ってございます」

「でかしおった！　いかがでござる。おのおのどの、これにて事は九分どおり成ったと申すものでござろう」

「さすがは当節並ぶ者なしといわれた鳥居どののご知謀、楠孔明《くすのきこうめい》を呼び起こすも、かくまで巧みに事は運びはいたしますまい」

安藤内蔵之助も膝をたたいて相槌を打った。だが、ただ一人、後藤三右衛門は、まだ憂慮の色を浮かべながら、

「大丈夫かのう。悟られはせなんだかのう。この上は、何枚石を抱かせても……」

鳥居甲斐は、背後をかえりみて、冷たい声で、ははと笑った。

「後藤どのはまだ女を口説いたことはないとみえまするのう。相手が男なればともかく、女の心をなびかすのに、石や刃物は大禁物。口を割らせる方法はほかにいくらもありまする……」

「じゃといって……」

「急いでは事を仕損じますぞ。鳴かざれば、鳴かしてみせようほととぎす、これがみどもの日ごろの覚悟。修理、案内せい。八兵衛もともに参るがよい」

鳥居甲斐は、大刀を提げたまま、夜露にぬれた庭石を踏んで、離れに近づいた。

表面はなんの変わりもない離れ。だが、堅く雨戸が閉じたその外には、あちらに一人、こちらに一人と、袴の股立ちを高くとった武士が、抜き身の太刀を提げて、やみに潜んでいるのだった。

「殿、首尾よくお富を連れ帰りましてございます」

「小四郎か。初陣の功名、まずはでかしおった。何も怪しまれはしなかったか」

「はい、遠山家よりの使いの者と申したるところ、一も二もなく……しょせん女でござ

た。
片膝立てて頭を下げる小四郎にはもはや振り向きもせず、彼はそのまま離れへ入っ
「ご苦労であった。下がって休息いたすがよい。話は後でゆるりと聞こう」
いますのう」

赤樫の太い格子に閉ざされた牢座敷《ろうざしき》になった四畳半、その隅の薄暗がりに、顔をそむけて、裾《すそ》もしどろに乱れた女。

「お富、久しぶりだったのう」

甲斐は冷たいことばを投げた。

「なんだって。おまえはだれだい。こともあろうに、こんなところへ人魚のお富さんを閉じ込めて、見せ物にでもしようてえのか」

火の出るような啖呵《たんか》だった。

「いや、大事のお客なればこそ、丁重な取り扱いをいたすまで……」

「…………」

「どうじゃ、お富、悪いことは申さぬから、このへんでそのほうも折れて、こちらと手

を握らぬか。金でも、家の復興でも、そのほうの望みどおりにいたしてとらすが……」

「きさまは鳥居のばか野郎だな。てめえなんかのいうことをいちいち真に受けて通していたら、命がいくつあっても足りゃあしねえってことよ」

「お富、久しぶりだが、あいかわらず生きのいい人魚だな」

後から八兵衛があざけるようなことばをかけた。

6

話はここでいささか前に戻るが――

紅炎に包まれ、剣風渦巻く榎屋敷。

早乙女主計のまわりには、すでに十人あまりの黒装束が必殺の剣陣を張り始めた。

一人一人が相手なら斬って捨てるとしてもなにほどの敵でもないが、十人あまりが切っ先をそろえ、やみの中から迫ってきては、さすがに手ごわい相手であった。

「行くぞッ」

主計の身にいかなるすきを見いだしたのか、おどり上がった右の男が、手練の太刀を、右手から、目にもとまらぬ早業で、主計の胴をねらって鋭く突きを入れた。

だが、そこにはもはや主計の影もない。

飛燕《ひえん》のように飛びじさって左の敵におどりかかり、榎の幹を突き刺してあわてふためく右の男に、返す刀の一太刀を……。

ちらりと、その瞬間に、主計は見た。

どこからともなく運ばれてきた一丁の駕籠、当て身の一撃に気を失った園絵の体をかつぎ上げて中に乗せたと思う間もなく、また暗やみに姿を消した。

「引けッ、引け！　手がまわったぞ！」

首領と見える黒装束の命令一下、手負いの味方もかえりみず、さっと刀をひいた敵は、いずこともなく逃げ去ろうとする。

「待て！　待たぬか！　敵に後ろを見せる気か！　ひきょう者めが！」

ありとあらゆる罵声を背に浴びせながら、主計も必死に跡を追った。

燃え上がる火に照らされて真昼のように明るい地上を、垣を乗り越え、溝を飛び越え、畑の中を突っ切って、どことも知れず走りに走った。

纏《まとい》、鳶口《とびぐち》、竜吐水《りゅどすい》と、いなせな火事装束に身をかためた鳶の者たちの駆けつけてくる前をかすめ、やじ馬たちの群れを横切り、主計も今は必死であった。

——園絵を渡してなるものか。恋や情の問題ではない、武士の意地、男としての面目をかけた主計の一念だった。


宙を飛ぶように駆けつけた先は、隅田の河岸である。

だが、わずかに時は遅かった。

駕籠を乗せ、黒装束の群れの乗り移った舟は、いまともづなを解いたところ。

飛び移ろうにも、数間あまりの川波が黒く間に横たわって、翼を持たぬ悲しさには、跡を追うすべとてもなかったのだ。

「園絵どの、御身を大事に。いかなる辛苦をなめようとも、武士の一念、早乙女主計かならず御身を救ってみせるぞ」

主計は心に叫んでいた。静かに懐紙で太刀をぬぐうと、ひたひたと打ち寄せてくる上げ潮を、血走った目で静かに見つめていたのだった。

いかにせん、主計を包む陰謀の渦はあまりに大きかった。どこまで行ったら晴れるやみか、それさえ見通すすべもなかった。

その時である。

主計の心に、ふっとひらめくものがあった。

黒観音の気違い女。すべてを見通すような力を持つ老婆。

あの女は、主計になんとささやいたか。

「お主を待つのは、血の雨、火の海、剣の山、鬼と羅刹の群れなのじゃ……落ちていくのは生き地獄……」

まさにそのことばどおりの出来事だった。その目の前にこうして展開されたものは、紅の地獄絵巻にほかならない！

7

「甲斐どの、なかなかやりますのう」

鳥居甲斐と八兵衛が座を立ったあとの茶室に黙然と座っていた安藤内蔵之助が、耐えきれぬというように、ぽつりと一言いいだした。

「はっはっは、たしかに、当今、江戸幕府に人多しといえども、あれだけの傑物はほかに二人とはおりますまい」

後藤三右衛門も、図星をさされたといわんばかりに、強く相槌を打っていた。

その時、庭のかなたから、ばたばたと高く数人の足音が響いて、

「親分！　親分！　どちらです。万事、首尾よくいきましたぜ！」

と、口々に呼ばわる声が聞こえてきた。

「ほう、榎屋敷の討ち入りも、吉良上野《きらこうずけ》の首級《しるし》を上げて、めでたく帰ってきおったか……」

ひとり言のように口ずさんで、安藤内蔵之助は小窓を開けてみた。

やみの中に、右往左往する人影がある。

離れの方にかすかに見える黒装束の男の姿。

一瞬起こったどよめきもまもなく去って、あたりはふたたびもとの夜の静寂に立ちかえった。

小半刻《こはんとき》（三十分）ほど過ぎたころ、顔にかすかな憂いを見せて、鳥居甲斐がひとり茶室に帰ってきた。

「鳥居どの、いかがなされた。地獄屏風は手に入りましたか」

そのことばをも待ちきれないというように息せきこんで尋ねるのに、甲斐は大きく首を振って、

「いけませぬ。思いのほかのことでござる」

「といわれると」

「榎屋敷に火をかけて斬り込んだのは上出来だが、その後がちと失敗と申すもの。横から現れたまぼろし小僧に、地獄屏風の半双はみごと奪われおったらしい……」

「まぼろし小僧に！」

「さよう」

しばらく、死のような沈黙が、座を貫いて流れていた。

「いや、なに、さのみ心配なされることはござるまい。まぼろし小僧を捕らえれば、それにて事は片づくまで……小舟で逃げたと申すのだが、それにはいくらも方法はある。ただ一つ、よけいな土産が手に入った……」

「土産とは……」

「大塩残党の篠原一角も、まだら猫お菊も、風を食らって逃げおったが、近藤京之進の娘園絵が彼らに監禁されていたのを、どうにか救い出してござる」

「近藤京之進……」

「彼とは、先年、大塩事件の処理の際、ともにその任にあって、彼らに恨みを買ってもおれば、その仇討ちのためでもござろうが、娘を誘拐いたしおって、その背に入れ墨をいたしおった……」

「入れ墨を……」

「近藤京之進とは拙者も並び立てぬ間、拙者の失脚をねらいおって、水野越前さまのご機嫌をうかがおうと苦慮をいたしておるが、こうしてかどわかされた娘が傷物になって帰っては、彼としてもよもや平静ではおられまい。いや、娘としても、武家の生まれとしたならば、おめおめとこのまま家に帰るわけにもなりますまい」

「入れ墨の……女……」

安藤内蔵之助はぴくりと眉をあげたのだった。

8

ぎいっと艪《ろ》を漕《こ》ぐ音も高く、夜の隅田川を上ってきた一隻の小舟がある。千住大橋の近くであった。

その舟を包むように、前からはやみを破って数隻の舟が御用提燈《ごようぢょうちん》を高くかざして立ちふさがった。

後からも、たちまち数隻の小舟が、向こう鉢巻き、たすきがけの役人捕り手を満載して、二丁艪の音も高く、ぐいぐいとこの舟に追い迫った。

「役儀なればことばを改める。この夜陰、この小舟に乗ってどこへ参る」

「夜釣りでさあ」

吐き出すように答えて舟から身を起こしたのは、渋い紺微塵《こんみじん》の袷《あわせ》の男、やくざと思われる身なり格好の、まだうら若い男だった。

「うそいつわりを申し立てると、そのほうのためにもあいならんぞ。まぼろし小僧がたしかこの舟に飛び込んだとの知らせに、こうして迫ってまいったが……」

「ご冗談でしょう。このとおり、あっしと船頭のほかには、だれひとり乗ってなんかはおりやせん。隅田川にはこのほかに舟一隻浮かんでいないんでござんすかい」

「黙れ！　この方の目に狂いはないわ。上役人を愚弄いたすと、その分には……。者ども、この男を召し捕りおろう！」

だが、男は顔色ひとつ変えなかった。ことばづかいもがらりと変えて、

「そのほうどもは南か北か。いさや、いずれは南町奉行、鳥居甲斐どのの配下であろう。北町奉行所にはそのような節穴目はおらぬはずじゃ」

「なんだと！」

「この顔を見よ。これでもみどもに縄をかけると申すか。しいて縛ると申すなら縄にかかってやらぬでもないが、そのほうどもは一人残らず詰め腹切っても追いつかぬぞ」

傍若無人のこのことばに、上の威光をかさに着る役人たちもさすがにどぎもをぬかれたらしく、ぎーっと舟をこぎ寄せると、その顔に御用提燈をつきつけたが、微笑をふくんだその顔と、胸のあたりにこぼれている朱色の桜の花を見て、へーっと舟にへいつくばった。

「これはこれは、北町奉行の遠山さまではございませぬか。知らぬこととは存じながら、先ほどよりのご無礼は、なにとぞお許しくださいませ」

「よい、よい、知らぬこととあれば、別段とがめはせぬ。誤り間違いは、だれにもとかくありがちのこと……。だが、そのほうどもに尋ねよう。みどもの跡を追ってまいったと申すからには、向島寺島町の榎屋敷の炎上はもちろん存じておろうがのう」

「はあ」

「その屋敷に火をかけ斬り込んだ十数名の黒装束が小舟に乗って逃げたのを、知らぬとでも申しおるか……」

「………」

「放火強盗斬り取りは火あぶりの重刑に処せらるること。それを忘れているのでは、一日たりともお上のお役はつとまるまい。

その大罪人をおめおめと逃しておいて、みどもの跡を追いかけたのか。

南のお奉行所には、腰抜け、節穴目ばかりそろっておると申すのか」

男の声は、やみを破って、川波の上に鋭く響きわたった。

9

波乱をきわめた夜も明けて——

日影町のほとり大きく群れを抜いて建つ、北町奉行遠山左衛門尉の屋敷。

紺の半纏の香も新しい中間が二人、門を開いて、門前邸内の白砂を清めていた。

その前に、えいほーと宙を飛んで駆けつけてきた一丁の駕籠。

転げ落ちるように中から飛び山したのは、血相変えた人魚のお富。

これはどうしたことだろう。お富は、昨夜、粕谷小四郎に伴われて、井筒屋八兵衛の離れの座敷牢の中に監禁されたはずではないか。

どうしてそこから逃げ出したのか、何を思って遠山の屋敷に姿を現したのか、と考えている暇もない。

「お願いの者にござります。御前によしなにお取り次ぎを！」

お富は血を吐くように叫んだ。

「だめだぜ。殿さまは今月はご非番だからな」

「駆け込み訴えなら、南のお奉行所へ行きねえよ」

と、にべもなく鼻の先であしらうのを、

「いえいえ、殿さまお見知りの者にてございます。人魚のお富が火急のお願いにて参ったと、殿さまにお取り次ぎくださいまし！」

「なんですって。人魚のお富姐《ねえ》さんで……」

「これはお見それいたしやした」

さすがに、人魚のお富といえば、江戸でも売れた名でもあった。あわてて向こう鉢巻きをとると、米つきばったのようにぺこぺこ頭を下げて、門内へばたばた駆け込んでいった。

と、見る間もなく、

「殿さまがお待ちにございます。なにとぞ奥へお通りくださいませ」

白髪頭に、羽織袴、脇差だけをたばさんだ用人が門前に出てきて、お富に頭を下げた。

「それではごめんくださいませ」

お富は、あとに従って、大玄関から長廊下を通って、奥の書院へ案内された。

「お富か、えらく早いのう」

さっと間の襖《ふすま》があいて、隣の部屋から、なにごともないような静かな笑いを浮かべて姿を現した遠山左衛門尉金四郎。

「殿さま」

さすがのお富も、いざとなるとろくろく口もきけなかった。

「どうした。そのほうのようなあばずれでも、それほど驚くことがあるのか」

「あばずれ——はないでございましょう。朝早くからお騒がせして、申しわけもございませぬ」

「いいってことよ、どうせゆうべは夜明かしさ。これはしたり、昔の癖が出おったわい。どうも、そのほうなどの格好を目にすると。遠山金四郎、金さん時代の癖が出おるわ」

苦笑いして、金四郎は静かにお富の前に座った。

「さて、お富、火急の用と申すのは……」

「殿さま、昨夜わたくしのところへ、殿さまの名をたばかって、鳥居甲斐のところから偽迎えの使者が参りましたのを、殿さまはご存じでございましょうか」

「偽迎え……古い手じゃのう」

「それでこうして参りましたが、曾根さまの御身にも危難が迫っておりまする」

「曾根……俊之輔か」

「はい、実は……」

お富は、ぐっと膝を進めて、遠山左衛門尉の顔を見上げた。

10

武蔵野の名残をのこす道玄坂。

林の中の黒観音。

朝霧がまだ去りやらぬ古い社の前にたたずんでいる一人の武士の姿があった。

早乙女主計その人である。

昨夜ああして向島榎屋敷の剣陣を破った彼は、意を決して、ここにあの奇怪な老婆を訪ねんとしたのである。

あざけるようなことばの節は彼にも我慢できなかったが、人魚のお富の過去を探り、自分の周囲に渦巻いているこの恐ろしい陰謀の秘密を解くためには、大小さげる面目も忘れて、この乞食ばばあの前にも手をつこうと、こうしてやって来たのだった。見まわせば、雨風にうたれ、うらぶれた一軒の藁屋根がある。これがあの老女の仮の住まいであろうか。

露にぬれた青草をしとどに踏んで、主計はそばに近づいた。戸を押せば、手ごたえもなくすーっとあいて、中には人の気配もない。一時出かけたとも思われぬ。床に積もったほこりの厚さからいっても、庵の主はこの住みかを捨てていずこかへ漂泊の旅に出たとでもしか思えなかった。ところ定めぬ身としては、それも考えられぬでもない。遅かったかと思いながら、主計は踵《きびす》を返そうとした。だが、その時、主計の目は、粗末な板の壁にぷつりと突き立てられた小柄《こづか》にとまった。

しかも、その根本に近く、白い結び文が残っているではないか。それでは、だれかが自分と同じように、やはりこの庵を訪ねたのか。そして、何かを伝言しようとしたのだろうか？

あるいは何かの手がかりが得られるかもしれないと思って見た。主計は、それを抜き取って、結び文を開こうとしたのである。


そのせつな、破れた戸をこつこつ外からたたく音。

「ごめん、ごめん」

甲高い子供のような男の声。

主計ははっと身構えた。

この訪れた客がだれかはいざ知らず、荒壁を通してぴりりと肌身に響く不思議な殺気を感じたのだ。

だれかは知らぬ。ただ、その男は、この老婆を害しようという意志を持って、こうしてこの場へ現れたのだ。

主計はかっと愛刀相州国広の目釘に湿りをくれたのである。

「ごめん、ごめん……」

やや間をおいて、

「お留守でござるか。どなたもおいでてござらぬか」

いらだったような声とともに、ぱっと木戸は内に開いた。

そして、さっと踏み込んできたのは、若い小姓のような身なりをした十七、八の美少年。紅をさしたかと思われる赤い唇をかみしめながら、大振り袖を翻し、きっと主計の方を見つめた。

粕谷小四郎だったのである。だが、主計にはこれが最初の対面だった。

斉貴《なりたか》出府

1

春の朝、墨絵のように、かすみの中にあざやかに浮かび上がった黒観音。

ただ一つ、置き忘れられたようにその前に立つ一宇の庵《いおり》。

その中で、早乙女主計と、粕谷小四郎が、じっと目を見合わせて立っていた。

「失礼でございますが、あなたさまは、この庵の主がいずれへ参られましたか、ご存じでございますか」

ことばづかいは丁重だったが、その裏に肺腑《はいふ》をえぐるような気合いをこめて、小四郎が尋ねた。

主計はかるく苦笑いして、

「いや、みどももつい今しがたこうして訪ねてまいったきりだが、貴殿はここの老婆とはゆかりの者でござるかのう」

「ゆかりの者など、そんな者ではございませぬ。わたくしめも、こうして訪ねてまいりましたのが、きょうはじめてでございます」

「何用あって訪ねられた」

「これは異なことを承ります。主なれば用向きをお話しもいたしましょうが、その用件まであなたさまに申し上げる筋合いではございますまい」

「それもそうじゃが」

主計が事の道理にぐっと詰まるのに、

「もしや、あなたは早乙女主計さまではございませんか」

と、小四郎は相手のひるむすきに、息もつがせず、二の太刀を浴びせかけた。

「いかにも……だが、どうして貴殿はみどもの名を」

「いや、別になんということもないのでございますが、わたくしめは、雲州浪人、粕谷小四郎と申すふつつか者、爾今《じこん》よろしくお見知りおきくださいませ」

「てまえこそ」

軽く頭を下げながら、不思議な相手と、主計は思った。

前髪立ちのいでたちを見ても、少年の名残をとどめるあどけない顔立ちからいっても、自分より若年と思われるこの男。

だが、この気合いと胆力とは、はるかに自分をしのいでいる。

おそらくは、剣をとってもひとかどの使い手といわれるほどの男であろう。いくたびか白刃の間をくぐったこともあるのだろうと、主計は思った。

「それでは、貴殿は人魚のお富と申す女をご存じではござらぬか」

別にこれという当てがあってのことではない。盲めっぽう探りの針を投げたものともいえる。

だが、その時、小四郎の紅をさしたかと思われる頬《ほお》の血潮はさっとひいた。

「人魚のお富……名前だけは承ったこともございます。それでは、またあらためて出直すことといたしましょう。早乙女さま、これにてごめんくださいませ」

丁重すぎると思われるほど丁重に一礼して、小四郎の姿は風の去るようにぱっと庵の外に消えた。

2

「待て！　待て！　待たれい、粕谷どの！」

われに返った。主計は小屋を飛び出すと、後をも振り返らずにお堂の前に歩いていく粕谷小四郎を呼び止めた。

「なんぞご用でございますか」

「いかにも。貴殿は雲州松江家のご浪人とか申されたのう」

「はい。子細ありまして、父の代よりお家を離れております る」

「出雲家には楓の方と申す女性が殿のおそばにはべっていると聞き申すが、貴殿はそれをご存じかな」

「楓の方でございますか」

小四郎の口もとにはあざけりに似た笑いが浮かんだ。

「もとはと申せばとるにも足らぬ女にござりまするが、氏なくして乗る玉の輿《こし》とは、よくも申したものでございますのう」

「と申されると、その前者は……」

「深川の芸者で、小扇とか申しますいやしい女と聞きましたが、いつしか殿のお目にとまりまして、高根の花と移し植えられ、亀千代という男子まで出生いたしてございますとか」

「たしか、出雲家の当主、斉貴公には、正室のご嫡子はなかったはずじゃな」

「さようにございます」

主計の胸には、この時、むらむらと、ある恐ろしい疑惑の渦がうずまき上がった。

退廃に流れ、文弱に傾いた世のことである。大名諸侯の中にさえ、禁をおかして、身をやつし、夜ごと夜ごとに江戸の各所の花柳の巷《ちまた》に足を運ぶという例も、決してまれなことではなかった。そしてまた、その目にとまった花は、いくつか人目を離れた下屋敷の奥深くひそかに移し植えられていた。

主計が耳にした例も、一つや二つのものではない。そこまでは、幕府といえども、見て見ぬふりは装っていたのである。

だが、そこに世継ぎの問題が起こるとなると、これはただではすまなかった。

血で血を洗う暗闇が、日夜、家中に繰り返される。あらゆる武器を惜しまずにしのぎを削る争いが、必ずそこに展開される。

そして、そのことが幕府に明らかになった日には、そこには峻厳《しゅんげん》、仮借を許さぬ厳しい法のさばきがあった。

お家断絶、一家離散と、その行く末は決まっていた。

小扇といえば、一枚絵にも美貌をうたわれた名妓《めいぎ》であった。主計がおぼろにその顔を見おぼえていたのにも無理はない。

それが楓の方だったのか。

その女が死人の銭をねらっているのか。秘密を宿す地獄屏風を、手中に隠し、秘めているのか。自分を追って斬ろうとしたのか。

主計ははじめて、自分を取り巻く大きな秘密の一端に触れた気持ちがしたのだった。

3

「それでは、これにてごめんをつかまつりまする」

小四郎は、身を翻して、傍らの木立の陰に姿を消した。呆然と後を見送る主計には、それを押しとどめようとする気も起こらなかった。

この小四郎が、昨夜ひそかに、鳥居甲斐守の命を受けて人魚のお富の迎えに立ったのも、もとよりつゆ知らぬ身であった。まして、この後、数奇をきわめた宿命の目に見えぬ糸に操られて、二人の運命がいくたびとなく交錯し合うことになろうとは、神ならぬ身の、主計になんの知る由もない。

跡を追おうか、追うまいかと、しばらくためらっているうちに、時はいつしか過ぎていた。主計は、ふっとわれに返って、苦笑しながら振り返った。

何はともあれ、あの小柄に託された文を調べることにしようか。
主計は手にした文を開いた。そして、墨痕あざやかに、その上にしたためられた奇怪な手紙に日を走らせた。
〈浜野どのまいる。
死人の銭の最後の一枚、地獄谷、青竜鬼のもとにあるとのことにて候
まぼろし　より〉
「死人の銭……地獄谷……青竜鬼」

主計は思わず繰り返した。この恐ろしい三つのことばのとりあわせが、黒い触手を持つ死のような余韻をひいて主計の心に響いていた。

「あの老婆の名は浜野というのか。まぼろし小僧と何かの関係にある女か……」

主計はなおも口ずさんだ。死人の銭はわかっていた。地獄谷というのも、これはどこかの地名であろう。だが、最後に残された青竜鬼ということばの意味はなんであろうか。

これがわかっていたならば、主計としても、あのようなむだな努力を費やして、身に迫りくる悪鬼羅刹《あくきらせつ》の一群と闘うことはなかったのだ。

思えば、大きな運命の歩みというものは、一人一人の個人の意志や希望など、木っ端みじんに粉砕して、みずからの求むるままに進んでいく。

それは、泣き叫び悲鳴を上げて逃げまどう亡者の群れを追いまくって、炎々と燃える炎のひとなめにのみつくそうとする地獄の車の動きさながら……。

止める者は踏みしかれ、逆らう者はひき殺され、阿鼻叫喚の生き地獄が、たえずこの世に繰り広げられる。

地獄というも、極楽というも、それはすべて人の心の中の影、この現世の光景を何千倍に拡大し、何万倍に誇張して見せた仏法のたとえにすぎない。

愛欲も、物欲も、剣も、恋も、煩悩も、紅蓮《ぐれん》となって燃え上がる火炎地獄の炎の一つである。

だれか知らん。一脈の清風、雨をはらんで吹き来り、炎の海を鎮めん日を。白道を越え、金色まばゆき弥陀《みだ》の浄土を紅地獄のかなたにのぞまんときは、はたしていつ、この物語に訪れてくるであろうか。

それまでは、主計も、お富も、また園絵も、宿命の鞭《むち》に打たれて進むであろう。血の涙、鉛の汗に、あえぎ続けねばならぬであろう。

4

下谷数寄屋町の一角に、天狗湯と看板をかけた町内の銭湯があった。

「熱いぜ、熱いぜ、うめてくれ!」

「何いってやがるんでえ。看板を見て入ってきやがったか。てめえはここの新入りかい。天狗湯の朝湯は、ほかたあわけが違うんだ。どうでえ、きゅーっと五臓六腑にしみわたるこの熱さはこてえられねえや。おい、番頭さん、のれんにかけて、ひとしずくでもうめたらおれが承知しねえぞ」

もうもうとした湯気のたちこめるざくろ口から流し場にかけて、いやもうなんとうるさいこと。借金を質においても朝湯に入らないでは人まじわりがならぬという老若男女とりどりの裸形があふれて、勝手な熱をあげていた。

「ねえ、松さん、ゆうべ向島の寺島に、どえらい火事があったそうじゃねえか」

と、大工の留吉に尋ねられた鳶頭《とびがしら》と見える九紋竜を彫った男も、苦笑いして、

「なあーにね。火事といやあ、お江戸八百八町の名物だからな。ことにご朱引外のこと、大した火事でもねえんでさあ」

「何軒燃えたね」

「たった一軒、榎屋敷という建物がすっかり灰になっただけよ」

「なんでもっと大火にならねえんだ」

「おまえさんは火事になったら商売繁盛繁盛で火の神大明神だろうが、こっちはそうはいかねえよ。だがねえ、これはないしょだが」

と声をひそめて、そっとあたりを見まわすと、

「ゆうべの火事はおかしいんだぜ」

「何がおかしい」

「どうも、こちとらの見たところ、放火にちげえはねえんだが、お奉行じゃあ、今度にかぎって、これをうやむやに抑えようとしているのさ」

「なるほど、ちょっと解せねえなあ。それだけかい」

「おれたちが纏《まとい》を振って消し口を取ろうと駆けつけていったときだがねえ。ちらりと火の粉をあびて斬り合っている黒装束を見たんだが、お先手の役人たちがそれを見て見ぬようなふりをしていやがるんだ」

「ふーん。今月は南の当番だからな。鳥居の野郎のするこたあ、こちとらの考えじゃあわからねえよ。すると、なにかい、これはお上ご免の放火かい」

「しっ、声がたけえや」

「これはまた聞こえませぬ、伝兵衛《でんべえ》さん、ちりとりしゃんちりとりしゃん」

あわてて大工の留吉は口三味線でごまかした。

その時ざぶりと音をたてて ざくろ口を出てきた若いいなせな男が一人、

「頭、ゆうべはお疲れさま」

と挨拶して、向こうをむいてきゅっと絞った手ぬぐいで、背中一面、腕、腰、胸とぼかした朱桜の入れ墨をふき上げると、乱れ籠《かご》の方へ歩いていった。

そのあとを見送った鳶の松助、わけのわからぬ苦笑いをして、

「おい、留さん、あの男を見たかい、あの朱桜の入れ墨の男をさ」

「いっこうお近づきがねえね」

「大きな声じゃいえねえが、あいつはただの鼠《ねずみ》じゃねえぜ」

5

留吉、くるりと目を丸くした。

「ただの鼠じゃねえてえと、天下をねらう大伴《おおとも》の黒主《くろぬし》、石川五右衛門の生まれかわりか」

「わからねえ男だな」

と、長く伸ばした手ぬぐいでごしごし背中をこすりながら、

「あいつあ、おれの近所の長屋に、半年ほど前から越してきたんだが、昼はぶらぶら寝ていやがって、夜となるとどこかへ出かけて帰ってこねえ。文吉という名前だがねえ」

「そりゃあ、泥棒も商売だから」

「まあ、しまいまで聞きねえよ。おれもはじめはなにかくせえと思ったが、ひと月ごとに長屋をあけて、次のひと月帰ってこねえ」

「どこか出仕事にでも行きやがるんだろう」

「なんてまあ、血のめぐりの悪い男だな」

と、松助、あきれかえったように、

「おまえ、あの入れ墨になにか心あたりはねえかい」

「桜の入れ墨なんてえのは、入れ墨の図柄としちゃあ、いまどきどこにもありふれてらあ」

「はり倒すぜ、この野郎。桜は同じ桜でも……もしあの男が長屋を空けていなくなる月というのが北のお奉行所のご当番の月だったとしたら、これはどういうことになる……」

血のめぐりの悪いのでは通った留吉、どうにか今度はのみこめた。湯桶をけって立ち上がると、

「それじゃあ、あいつが遠山の……」

「そうじゃねえかと思うのさ。いやさ、大地をたたく槌《つち》に狂いがあったとしても、このおれの目に狂いはねえよ。
二、三度、羽織袴のお姿をちらと拝んだことはあるが、たしかに顔はうり二つ……」
「なるほどなあ」

感きわまったというふうに、留吉、しばらく二の句がつげないくらいであった。

このような会話が後でかわされていることを知っているのか知らぬのか、文吉と呼ばれた男は、紺微塵《こんみじん》の袷《あわせ》を素肌にひっかけると、きゅーっと帯を鳴らして、ぬれ手ぬぐいを肩にかけ、月代《さかやき》の刷毛先《はけさき》をかき分けながら、のれんを分けて出ていこうとした。

だが、その時、彼は異様な者の姿を見たように、体を斜めにつつとかわすと、女湯の方へ入ってくる鉄火の女を見守っていた。

黒襟唐桟《くろえりとうざん》の丹前に細い男帯をきりりと締め、糠袋《ぬかぶくろ》を口にくわえて、すーっと中に入っ

てきたのは、ゆうべ榎屋敷の業火の中を逃げのびたまだら猫お菊にちがいなかった。さては、第二の隠れ家が近くに準備してあるのか。それにしても、大胆不敵な女である。ご配布の人相書きは大江戸八百八町の中にくまなくはられているはずなのに、朝っぱらから、堂々と、こうして風呂にやって来るとは……。

文吉の鋭い視線が背後から浴びせかけられているとも知らず、お菊は番台に金を払うと、乱れ籠を足で引き寄せ、小唄まじりに帯を解き、さらりと着物を脱ぎ捨てた。気持ちよいほど引き締まったぴちぴちとした色白の腕の左の二の腕から肱《ひじ》の下まで一面のぼかしの中に、五つ六つ真紅の牡丹が浮いていた。

「ちぇっ、助平だねえ」

湯上がりの女が、二人三人、顔を隠して、やわらかな白い湯気の中にのまれていくお菊の姿を見守っている文吉に、あざけるようなことばを投げた。

6

さすがに、当時の江戸のこと、見なれぬ女が片腕ぐらいに入れ墨をして入ってきても、別に人目もひかなかった。

いや、逆に、入れ墨のない女は、あの人、肌が白いんだねえと、さげすみの目をもって見られたくらいの始末である。

牡丹に唐獅子、金太郎、背中いっぱい彫り上げた女が二人、じろりと冷たいまなざしをお菊の方へ投げながら、あたりかまわぬ高声でしきりにしゃべりあっていた。

「ねえ、お歌さん、ほんとうに窮屈な世の中になりましたねえ」

「まったくさねえ。でも、お梶さんは坊さんにならないだけがまだましさ。こんなご政治なんてものはそんなに長く続きゃあしないから、まあ長いものには巻かれろで、しばらくぬるい湯の中に浸ったようなつもりで、だまって辛抱してるんだね」

「でも、髪結いに髪を結わしちゃいけないの、絹物を着ちゃいけないの、かんざしさえもいけないなんて、こんなべらぼうな話があってたまりますか」

「そんなことをいうのなら、栄耀栄華の据え膳で、贅沢三昧に暮らしのできる方法を、ちょっと教えてあげようか」

「へえ、このご時世に、そうしたうまい抜け道がいったいあるんですかねえ。あったらちょっと聞かしておくんなさいな」

「あたしなんぞはしわくちゃで、いまさらどうにもしようがないけどね。おまえさんなら、その気になれば、ひと花咲かせられないこともあるまいよ。松平出羽守という大名の名前ぐらいは聞いたことがあるだろうね」

「そりゃあ、話に聞いたぐらいはね」

「あんまりご裕福ではなさそうだけど、それでもたしか十八万六千石とかいったっけねえ」

「一合升でいくつだい」

「あきれたねえ、この人は……」

と、相手は思わず目をみはって、

「こちとらの米屋通いじゃあるまいし、まあいいさ。そのお殿さまが、大の入れ墨好きでねえ。予が江戸屋敷に仕える女は、一人たりとも入れ墨がなくてはまかりならぬと、きびしいおふれを出したんだよ」

「ずいぶんさばけた殿さまだね。話せるじゃないか」

「それはこちとらのいうことでね。さあ、お女中衆はたいへんだ。武家の娘や、行儀見習いに上がっているような商人の娘じゃあ、あたしたちみたいにくりからもんもんになっちゃ、お嫁にもらい手なんかありゃあしないよ」

「そんなものかね」

「大あたりきのこんこんちきさ。泣きの涙で、おかかえの入れ墨師に肌を汚さした女もいるけど、百人の九十八人ぐらいまでは、病気だ嫁入りだといいたてて、さっとお暇をちょうだいした」

「殿さま、いい加減困ったろうね」

「幸い今は在国で江戸にいないからいいようなものの、これが知れたら、家老から何から、首を並べてお手討ちだよ。それであわてて、入れ墨のある女ならなんでもかでも召し抱えて、にわか作りの腰元だってさ」

「なるほど。それじゃあ、そいつに一丁足をかけて、後はお手のものの色模様、殿さまを口説き落としてお部屋さまかい」

「よう、よう、牡丹の方、似合いますッ」

「そのほうは金時めか。苦しゅうない、ちこう、ちこう」

「おきやがれ」

二人は高声を立てて笑った。

7

東海道五十三次、品川の宿。

「えいほー、えいほー」

「下におろう、下におろう」

先駆け下知の声もりりしく、挟み箱、毛槍《けやり》、お馬、お替え馬、文箱《ふばこ》、大弓、長柄、若党と、一町あまりの大名行列が、黒塗り金蒔絵の定紋の殿のお駕籠を前後にはさんで、いま静々と、神奈川から江戸に向かって入ってきた。

松平出羽守斉貴《なりたか》、一年ぶりの出府である。

本陣、柳屋の玄関先は、白砂を敷きつめ、箒《ほうき》の目も清らかに、主人以下、羽織袴に威儀を正して、門前までの出迎えだった。

「えいほー、えいほー」

行列の先頭がしばらく立ち止まって足踏みすると、その中央から殿のお駕籠が一つだけぎーっと折れて門内へ。

「お草履！」

玄関先に担ぎおろされた駕籠の中からさっと姿を現したのは、出雲家の当主、斉貴公であった。

見たところ病的といいたいくらい青ざめた、癇癖《かんぺき》の強そうな青年である。

供先がそろえた草履を無造作につっかけると、ばらりと右に左にけちらして、玄関先に突っ立った。

「ご案内！」

小腰をたえずかがめながら、六十三の主人宗兵衛《そうべえ》、斜め左に先行して、太刀持ちを従えた出羽守を、奥、上段の間に案内した。

脇息《きょうそく》にぐっともたれた斉貴の前にお茶、お菓子が運ばれてまもなく、

「江戸家老、安藤内蔵之助さま御入り」

　ひと声高く呼ぶ声とともに、麻裃《あさがみしも》に威儀を正した内蔵之助が、はるか下座に平伏した。

「殿には久方ぶりにご機嫌うるわしきご尊顔を拝し奉りまして、恐悦至極に存じまする。はるばるのご出府、お役目柄とは存じながら、さだめてお疲れと存じます。まずは当本陣におきまして、暫時《ざんじ》ごゆるりご休息を願わしゅう存じます。内蔵之助、江戸在府ご家中一同に代わりまして、ご祝辞を申しのべる次第にござります」

「内蔵、そのほうも元気にて、うれしく思うぞ」

「はっ、ありがたき幸せにござります」

「ちこう」

「はっ」

　袴の股立《ももだ》ちを引き上げると、内蔵之助は御前近くに膝行《しっこう》した。

「奥は達者か」

「奥方さまにもご機嫌いよいようるわしゅうあらせられまする」

「楓は」

「お部屋さまにもお元気にわたらせられます」

「亀千代は」

「なに一つお患いとていたされず、じいやじいやとおむずかりあそばしますが」

「大きくなったであろう。見たいのう」

「御意」

内蔵之助はぴくりと低く頭を下げた。

「ところで、内蔵」

と、斉貴も上半身を乗り出して、

「奥女中どもの入れ墨は出来上がったか」

「はあ。なにせ生身の体に施す術にござりますゆえ、はかばかしく運ばぬ者もござりますが、一応はその数もそろいましてございます」

「楽しみにいたしおるぞ」

「はっ」

内蔵之助は、平伏しながら、口もとに不敵の笑いを浮かべていた。

8

その日の八ツ刻《どき》（二時）、品川本陣を出発した出羽守の行列は、威儀を正して、赤坂見付の上尾敷に入った。

すでに品川の宿からは、即時幕府に斉貴出府の報告があり、慣例によってその日は上屋敷に入り、日を改めて登城せよとのご沙汰《さた》が下る。

これにてはるばる、出雲松江から、山陰道、東海道、遠路の参勤交代の最後の幕が下りるのだった。

長途の旅の疲れも見せず、出羽守は奥座敷で江戸詰め諸役人の拝謁をすませるや、たちまちすっくと立ち上がった。

「下屋敷へ参る。供せい」

「殿、しばらくお待ちくださりませ」

袴の裾を捕らえて止める内蔵之助に、不機嫌そうに振り返って、

「なんぞ用事か」

「政務火急の儀につきまして、しばらくお耳を汚したきことが……恐れ多い次第にござ

ります」

「聞こう。なんじゃ」

座に直る出羽守の顔を見上げて。

「恐れながら、お人払いを」

「そのほうどもは遠慮せい」

太刀持ちの小姓まで片手をついて座を去るのをちらと見やった出羽守は、

「これにてもはや遠慮はいるまい。用事というのはなにごとじゃ」

「実は、殿、当出雲家にとりまして、一家浮沈の危機にございます」

「聞き捨てならぬことを、そのほうは申しおるのう。いやしくも江戸家老職を勤めるそのほうが、風声鶴唳《ふうせいかくれい》に騒ぎたてるわけはあるまいが、その大事とはなにごとじゃ」

「殿ももとよりお聞き及びにございましょう。先年より、とかく台閣の問題と相成りおりました因旗沼開鑿の件、大老老中のご意向にては、当家に課役おおせつけられようとのご内意がある由に聞き及んでござります」

「課役か……出費じゃのう」

斉貴の顔には、ちらと暗影が浮かんでいた。

「御意にございます。それにつけても、ただ一つ、そのお役目を逃れるには……」

「何か妙案があると申すか」

「水野越前守さまの懐刀、鳥居どのに、それ相応の進物を……」

「黄白《こうはく》にてすめばやすいというものの、鳥居がごとき奸物に私腹を肥やさせるは苦々しいが……苦しゅうない。よきにはからえ」

「しからば、殿のご秘蔵の地獄屏風の半双を」

「地獄屏風！　ならぬ！　ならぬ！」

斉貴の額には、たちまち幾本かの青筋が、みみずのようにのたうちまわった。

「それのみは、斉貴、生けるかぎりは手放しはせぬ。たとえ万金を積むもよかろう。出雲家十八万六千石、社稷《しゃしょく》を傾けても苦しゅうない。だが、あの地獄屏風の半双のみは、たとえ将軍家より献上の命が下ろうとも、断じてこの手を放しはせぬぞ」

「これは異なことを承ります。いやしくも、大樹公権現さまのご嫡子、秀康さまより下って十代、天下に誇る当出雲家にございますぞ」

「ならぬと申したらならぬのじゃ」

「殿の御意とも覚えませせぬ。不肖なれども、内蔵之助、家中一同になりかわり、伏してお願い申し上げます。お家のために、甲斐どのになにとぞ地獄屏風を献上くださいまするよう」

「ならぬ！」

「お願い……申し上げます……」

「ならぬ」

「お願い……申し上げます」

「ならぬ！」

9

その夜も更けて……。

東湊町、井筒屋八兵衛の離れ座敷。

中に造った座敷牢の中に、お富は膝を抱えて、裾もしどろに座っていた。

けさから三度運ばれた食事の膳も、箸ひとつつけられないままに、そのまま下げられていったのだった。

水一滴、のどを通そうともしなかった。

「このあまア、こちとらをなめていやがる」

「そうじゃあねえよ、やせがまんさ。どうせ、人魚でも河童でも、水なしで生きられるわけはねえんだから、いまにぐうの音をあげるからご覧なせえ」

見まわりに来た人相の悪い四、五人の男どもが口をきわめてののしるのにも、お富は、聞く耳持たぬというように、一言も答えようとはしなかった。

だが、これはどうしたことだろう。人魚のお富は、この朝早く、日影町の屋敷に、北町奉行遠山左衛門尉景元を訪ねていったはずではないか。そのお富が、どうしてあのまま座敷牢に閉じこめられたままになっているのだろうか。

そのなぞは、まもなく解けることだろう。茶室のあたりにぼーっと一つ雪洞《ぼんぼり》の火がついたと見ると、

「殿のお召しにございますぞ」

と、若侍が一人、灯を片手にさげて迎えに来た。

「ほーら、とうとうやって来たぜ」

「まないたの上にのぼって泣いたりあばれたりしちゃあ、人魚のお富の名にかかわる

ぜ。後はしっぽり殿さまにかわいがってもらいなせえ」

などと、声をしきりにはやしたてる男どもの雑言にも、お富は答えようともしない。

縄目の身ではないといっても、後からは刀の柄《つか》に手をかけた大兵肥満の武士が二人、両肩をぐっとそばだてていてくる。

ひくく首をたれたまま、お富は茶室に近づいた。

「人魚のお富を召しつれてまいりました」

暗い茶室の中からは、鈍い声音の答えがあった。

「大儀であった。お富に入れと申すがよい。そのほうどもはそれに控えよ」

「しかしながら、もしも御前のお身の上に万一のことがございましては……」

「心配いらぬわ。いやしくも鳥居甲斐ともあろうものが、女の一人や二人のために寝首をかかれてなるものか。控えよ」

「ははっ。それじゃあ、お富」

突きのめされるようにして、お富は茶室の中に入った。

燭台の灯がただ一つじーんと燃えているだけのこの四畳半の床の前に、ただ一人、鳥居甲斐守は、古寺の仏像なのかと思われるほど端然として座していた。

「お富か。ちこう参るがよい」

「用ってえなあ、いったい何さ。なんだい、偉そうに人を呼びつけにしやがって。これでも、おまえなんかには、こっちは百も借りがねえんだ。お富なんて呼びつけにされるような覚えはないね。お富さんって呼びやがらねえか」

甲斐守は、さすがに顔の筋肉ひとつゆるめようともしなかった。

「お富、薄茶一服つかわそう。まずはこちらへ参るがよい……」

10

奸雄《かんゆう》といっても、さすがは江戸の治政を掌握する一方の旗頭だけの貫禄は備えていた。

お富もその威には気押されたのか、静かに客の座に直った。

袱紗《ふくさ》さばきもあざやかに、才知の末をひらめかして、

「お富、そのほうとは、こうして二人きり話をじっくりしたいとは思っていたが、今まではついにその機会もなく、耀蔵、残念に思いおった。十八年の天津風、時こそ得たる

心地かな」

「ちょっと、旦那」

お富はかるく畳をたたいて、

「ずいぶんまあ、旦那の口説は堅いのねえ。そんな口説き方では、町方の女は一人もものになりませんよ」

「いや、お富、今宵はみどもも一介の町の女俠《にょきょう》の人魚のお富にものを申しているのではない。御身の隠れた素姓を重んじ、由緒正しき名門のご息女として、このように正座に据えて挨拶いたしおるではないか」

「昔のことと申しても、あたしはね、ちっとも覚えちゃおりません。長脇差《ながどす》一本ぶちこんで切ったはったの商売が、今じゃすっかり身につきました。朱に交わればなんとやら、昔の人はうまいことをいったもんじゃあございませんか」

「隠すではない。たとえいかなる姿に身はやつせ、そのほうの心に秘めた望みというは、この甲斐、すでに見抜いておる……」

「………」

「お富、すべてを忘れて、みどもの心に従わぬか」

「殿さま、わたくしが後藤三右衛門とはともに天をも仰げない間だということもご承知で」

「もとよりのこと。そのほうさえ首をば縦に振るというなら、天下を敵に回すとも、なんの恐るるところもない……」

「ずいぶんご執心でござんすねえ。だれかが、どこかで、くしゃみでもしているでござんしょう」

「なんだと」

「いいえ、こっちのひとり言。まあ、殿さま、お茶を一服、差し上げましょうか」

「そのほう主人役をつとめるか」

「昔の腕を少しばかり……」

「ちそうになろう」

「では……」

静かに膝を進めたお富は、表千家の流儀も正しく、一椀《いちわん》の苦茗《くめい》を甲斐の前にすすめた。

甲斐はしばらくこの茶わんの中を見つめていたが、

「お富！　この茶を、そのほう毒味してみよ」

「えっ」

「甲斐の目は節穴ではないぞ。そのほう先刻この茶わんに、いかなる薬を落としおった。人にすすめる茶わんなら、よもや飲めぬとは申すまい。そのほうのためを思えばこそ、先ほどから下手下手と出ておるを、傲慢無礼ななんじの態度、容赦はならぬ。それへ直れ！」

「もうそろそろからかうのもよしにしようか。眠り薬の細工を失敗した上は、そろそろ大捕り物の幕を上げるといたそうか。今夜の漁は珍しい大魚が一匹かかろうからな」

どこからともなく、やみを破って聞こえる男の声があった。

流星光底

1

　時ならぬ男の声を耳にして、鳥居甲斐もさすがに慄然《りつぜん》とした。

　思わず背後を振り返ったが、お富を斬ろうと構えた手をぐっと伸ばして、かたわらのあかりを手もとにひきよせた。

「あっ、そのほうは！」

「やっとお気づきでございますか。人魚のお富と間違えててまえなんぞを口説かれるとは、鳥居さまにも似合わぬこと」

「曾根……俊之輔が、どうしてこれへ！」

「鳥居さま、妙なところでお目にかかってございますのう。いかにも、てまえは北の同心、曾根俊之輔、人魚のお富になりかわって、こうして推参いたしました」

「珍しい。北町奉行所に剃刀《かみそり》同心の名も高きいま売り出しのそのほうが、こともあろうに河原者風情のまねをいたしおって、紅白粉《べにおしろい》に身をやつし、そのまま地獄へ参ろうなら、江戸の町でもいい物笑いの種となろう。

笛吹き上がりの奉行の下に女形《おやま》仕立ての同心とは、上も上なら下も下、さすがにふさわしい姿じゃのう。はっはっは、はっはっは」

「なるほど、仰せはごもっともにもござりまするが、南町奉行所の方はいかがでございます。お奉行さまの身をもって、自身こうして夜おそく天下禁制抜け荷買いの首領の家を訪れるさえ不思議なのに、あまつさえ、罪とがもない一介の女俠をかどわかさせ、座敷牢に閉じ込め手ごめにいたさんとは、あまりといえば、あまりの仕事……」

「なんと……」

「これでお奉行職がつとまりますものなら、大江戸八百八町の民は一夜たりとも枕を高くして寝ることもかないますまい」

「ほざくのう。いやさ、冥土の土産にも、思う存分、大口開いてほえおるがいい。ここまで秘密を知られては、よもやこのまま帰しはせぬ。剃刀といわれるなんじのやり方としては無謀に過ぎたのう」

「古語にもいわく、虎穴に入らずば虎児を得ず。今宵の土産に、鳥居どの、いやさ南のお奉行がこの捕縄にかかろうとは、みどもも十手とる身の果報……」

「ぬかすな！　下郎！」

抜く手も見せず居合いの一閃《いっせん》、貞宗《さだむね》鍛えの大刀が鳥居の右手にひらめいた。

わずかに四畳半の狭さ、逃れるすべもあらばこそ、女装の同心俊之輔、紅に染まって倒れたかとも思われたが、すばやく宙に躍り上がってその一撃を避けたと見るや、切り戸口から表のやみに転がるように走りだす。

「お富、どこへ行くんだ！」

戸口で見張っていた屈強の男が、腕を伸ばして襟首をとろうとするのに当て身の一撃を食わせると、たちまちやみの中へと消えた。

「逃すな！　その女を逃してはならぬ！　斬り捨ててよい！　追え！　追えッ」

抜き身のままの大刀を右手に提げて茶室の外に現れた鳥居耀蔵が一喝した。

「はい、ただいま！」

茶室のまわりを取り巻いていた若侍が五、六名。さっと手に手に白刃を抜きはなった。

「屋敷の中だぞ、外へ逃がすな。たとえ何人、手負いを出すとも、断じて逃がすことはならぬぞ！」

ふたたび甲斐は大喝した。

2

だが、この家のまわりには、隼銀次をはじめとする北町奉行所配下の一隊が十重二十重の網をはりまわし、飛ぶ鳥ならでは逃しはせじと、水も漏らさぬ布陣を敷いていたのである。

「銀次、まだか。まだ合図の音は聞こえぬか」

中にまじって颯爽《さつそう》と立つ黒覆面の侍は、これこそ北町奉行遠山左衛門尉、みずからじきじきの出馬とみえた。

「はい、まだ見えませぬ、聞こえませぬ」

「遅いのう。よもや間違いはあるまいが、曾根俊之輔ともあろう男が一生一度の大芝居。今夜、相手の動かぬ証拠を押さえた上で、一網打尽の大捕り物と申しよこしたその曾根が……」

「殿さま、ほんとうに遅うございますね」

かたわらに従うお富も、なにか不安な様子であった。

その時である。紫色の尾をひいて、流星が塀のかなたから飛び出したかと思われるすさまじい爆竹の合図があった。

「それ！　かかれッ！」

「御用だ！　御用だ！」

たちまちわっとときをつくった一隊は、表の雨戸へ、黒塀へ、河に面した船着き場へ。

「殿さま、今夜という今夜こそ、銀次の働きを見てやっておくんなせえ」

と一言残した隼銀次は、十手を口にくわえると、塀にかけた梯子をするすると猿のようにかけのぼり、ぱっと庭先に飛び込んだ。

「旦那！　曾根の旦那！」

「おお、銀次か。今夜の漁は大漁だぞ」

十数人の切っ先に囲まれながら笑みを含んで立っている女姿の俊之輔が、にやりとこちらに笑いかけた。

「かかれ！　かかれ！」

銀次につづいてばらばらと飛び込んできた捕り手たちが、塀の上から突き出された御用提燈の光に十手をひらめかせて、その剣陣を遠巻きに……。

「手が回ったぞ。ひけ！　ひけッ！」

やみの中から呼ばわる声に、もはやこれまでと思ったのか、俊之輔を取り巻いていた一隊は、さっと刀をひくやいなや、裏庭の方へと逃げ込んでいった。

「追え！　追えッ」

風のごとくに去りゆく影を追う一群の捕り手の足音が夜の静寂を破って乱れ、右に左に、上下に動く提燈の灯が、裏の方へと消えていった。

「旦那！　お怪我は」

「これしきの敵を相手にまわしたところで、手傷を受けるみどもではない。だがのう、銀次、たとえ何刻《なんどき》かかってもよい。今宵の網から、雑魚一匹、外へ逃がしてはならぬぜ」

「それじゃあ、この家はなんですえ」

「昨年あたりからご配布の回っているご禁制の抜け荷買い黒島八兵衛の隠れ家だよ」

「どうもくせえとにらんでいやした」

「そればかりでない。お奉行さまが手を打って喜ばれる土産の魚がたしか一匹……」

3

刀を引いた一群は、店の裏口から逃げ出した一群とまじりあって、ふたたび茶室へ飛び込んでいった。

「あとはてまえが引き受けました。いざとなったら、斬死《ざんし》しても、殿のお名前は出しませぬ。さあ、殿もお早く間道へ」

歯ぎしりしながら、茶室の前で鳥居甲斐と肩を並べて暗夜に動く御用提燈の火を見つめていた六尺ゆたかの武士が、刀の柄をたたいていった。

「諏訪、頼んだぞ。そのほうの気持ちは一生忘れはせぬ。では、さらばじゃ」

これまでと覚悟を決めたか、鳥居甲斐も切り戸をくぐって茶室の中へ。

わずか四畳半の大きさしか持たぬ離れに二十数名の人影がのみつくされたと見るせつ

な、

「御用ッ」

刀も抜かぬこの武士を弱敵とでもあなどったか、捕り手の一人が横の方から飛びついてきた。

「かっ」

腰の伸びきったすきをねらって、片膝ついて下から斜めに切り上げたすくい斬りの一閃に、斬り離された上半身がごろごろとそのまま向こうに転げていった。

「手ごわいぞ！」

「梯子《はしご》だ！　棒だ！　刺股《さすまた》だ！」

そもそも、十手は受けの武器にすぎない。わずか一尺五寸の棒に三分の余裕しかない鈎《かぎ》を縦に構えたとしても、相手の刀を受けとめるなど到底できる技ではない。

横にかまえて上段から斬りかけてくる切っ先を横にそらし、右に刀が流れれば鈎にはさんで手を返し刀をもぎとるか折り取るし、左に流れればそのまま手もとに躍り込み急所をとたんに一撃する——

後の先をとるにすぎない武器である。

素手の敵ならともかくも、ゆうゆうと満を持して放たぬ武士に飛びかかるとは、さすがに暴に過ぎていた。

とはいうものの、一撃に生き胴斬った武士の手腕に、捕り手は思わずおじけだった。もはや手を出す者もなく、梯子、棒、刺股で、遠くから疲れを待とうとするだけだった。

小半刻あまりも、捕り手の一隊はわずか一人のこの侍に茶室の口を閉ざされた。ひいては返す人波は、わずか一人の剣の盾にはばまれきった。

みずからの使命を果たしたと知ったのか、

「よし、行くぞ！」

たちまち受け身の体制から攻めに移ったこの武士は、二人三人と捕り手を倒し、一筋の血路を斬って開こうとした。

「えいッ」

その瞬間、かたわらにたたずんでいた俊之輔の右手から離れた十手が虚空に飛んだ。

ねらいは狂わず、左の目に。

「あっ」

血を吐くような声を残して片目を押さえたその武士は、最期の覚悟を固めたか、大刀を逆手に自分ののどに突き立て、ばたりと前に倒れていった。

間髪も入れず茶室へ飛びこんだ銀次が、大声を上げて、

「旦那！　ここには猫の子一匹おりやせん」

「しまった。ついに大魚を逸しおったか……」

俊之輔も悲痛な叫びを上げたのだった。

4

人は逃したとはいえ、その夜の捕り物は決して同心曾根俊之輔の名を辱めるものではなかった。

土蔵の中には、禁制の外国品の数々が、山のごとくに発見された。先年、大坂表において密貿易抜け荷買いの首領として手の回っている黒島八兵衛が、かたぎの町人と見せかけて、ここに隠れていたのである。

その翌朝、北町奉行所の一室――

「俊之輔、そのほうも無事でなにより、それがしもうれしく思うぞ」

遠山左衛門尉景元は、男姿にかえった同心曾根俊之輔に、賞美のことばを投げかけた。

「御前、そのおことばにはいたみいります。せっかくあそこまで追いこんでおりながら、あの茶室から抜け穴が三町あまりも離れた河岸につづいておりましょうとは、気がつかなかったてまえの不覚、なにとぞお許しくださりませ」

「いや、そのほうの罪ではない。悪盛んなれば天に勝つ――鳥居一味の悪運もいまだ尽きないものであろう。

度を過ぎた倹約令に町人庶民を苦しめながら、みずからは国法国禁を犯す、抜け荷買いの一味を操って私欲をはかり私腹を肥やさんとする鳥居後藤の陰謀は、憎みてもなおあまりある。

だが、敵ながら見上げたことには、なんの証拠も残さぬこと――黒島八兵衛と鳥居との関連の糸を見いだすことはできぬのじゃ」

「御前、てまえが生き証人になりましても」

膝を進める俊之輔に、ぱちりと一つ白扇を鳴らして、

「そうは問屋がおろすまい。あくまで知らぬ存ぜぬと他人の空似で言い逃れ、逆手をとってそのほうの誣告《ぶこく》の罪を問うであろう。

俊之輔、遠山のためにも、いやさ天下のためにも、そのほう死んでくれるなよ」

「はっ」

曾根俊之輔も女のような黒い目に涙を浮かべて平伏した。

「御前、それでは、今後の処置は」

「一度や二度の失敗に臆することは断じてない。天下のためには、鳥居を倒し、後藤三右衛門の力をそがねば、水野越前さまの企図する幕政の刷新もおぼつかないことではある――

いや、大樹公より枝も鳴らさぬ徳川家も、天下庶民の怨嗟《えんさ》の的となった日には、いかなる異変動乱が突発せぬともはかり難い」

「御意にございます」

「鳥居を倒さんと企てるは、遠山一個の私怨《しえん》ではない。悪の源を枯らすには……」

と、遠山左衛門尉も膝を進めた。

「彼らがいま手に入れんと心魂を砕いているのは、地獄屏風と、死人の銭と、人魚のお富。地獄屏風はいずこにありや」

「半双は雲州松江家の秘蔵、半双はまぼろし小僧の手にあると、みどもは存じておりまする」

「よし、死人の銭は……」

「存じませぬが、おそらくは鳥居の手に渡ってはおりますまい」

「俊之輔、人魚のお富を助けてとらせ、死人の銭を探し出せ。それが天下のためなのじゃ。金座のなぞを解かれては、鳥居、後藤の勢力は天下に抜くべからざるものとなるであろう」

「ご心中よくわかりましてございます。今度の失敗のつぐないにも、地獄屏風と死人の銭はそろえて御前のお手もとに……」

5

悠久の時の流れは、止まりもせず、人の動きも無視して歩みをつづけていく。

だが、巌《いわお》をかみ、滝津瀬となる奔流も、時には底知れぬ緑をたたえ、深さも知れぬ碧《へき》潭《たん》となって、動きも見せぬことがある。

榎屋敷の炎上以来、篠原一角も、まだら猫お菊も、なんの姿も見せなかった。井筒屋に大捕り物があってから、黒島八兵衛も地下に潜って、行き先知れずになっていた。園絵の行方もまったく知れず、鳥居一味も鳴りを静めて、次の機会を待っていた。

一方、天保の改革は、着々としてその功をおさめていたかのように見える。

六月、図書出版の制限令、好色絵本の発禁についで、高島流の砲術の禁、市川海老蔵の江戸払い。

七月、芝居狂言興行の制限、異国船打ち払い令の停止。

このように、水野忠邦の事績が進めば進むほど、江戸の庶民の生活は次第に苦しさを加えていた。政治の不備を憤る耳に聞こえる怨嗟《えんさ》の声も、次第に街に満ちみちた。

鳥居一派と遠山左衛門尉の目に見えぬ冷たい死闘も一触即発の危機をはらんで、越えて七月。

早乙女主計は、またしても、奇妙な手紙を受け取った。

朝早く、庭の梧桐《ごどう》の幹に立つ白羽の矢文があったのである。

まぼろし小僧の文であった。

〈園絵どののありかも知れて候、ただ一人にて深川大和町、内藤主膳《しゆぜん》屋敷跡を訪ねていかれたく。

まぼろしより〉

榎屋敷の死闘以来、神かけても園絵を救いいださではと、男の意地に歯ぎしりしていた主計であった。なんの躊躇《ちゆうちよ》もあらばこそ、愛刀相州国広の目釘をひそかに湿しながら、その場所を訪ねていったのである。

今を去る七年あまり前のこと、狂気のはてに病死した内藤主膳の屋敷跡。いかなる理由によるか知れぬが、他の旗本の替え屋敷としてたまわるようなご沙汰もなく、そのまま荒れに荒れはてて、雨露さえしのげぬようなありさまだった。

近所では、お手討ちになった侍女の幽霊が出るとか出ないとか幽雲屋敷の名も高く、近づこうとする者もなかった。

主計もうわさは聞いていたが、まさかこれほどとは思わなかった。

門も朽ち、塀もくずれて、忍び込もうと思いさえすればなんの苦もない始末である。

くぐりを押すと、手ごたえもなく、ぎーっと開く。門内はむっとするほどの草いきれ、人の気配も感じられない。

大玄関にかかっても、杉戸は腐り、苔むして、年月の跡をそのままとどめていた。横にまわって、主計は雨戸をこじ開けた。

中の畳も湿気を含んで、かびとほこりにぷーんと鼻をつくにおい。

一部屋、一部屋、念入りに探しまわってみたものの、なんの人けもないこの家。園絵の美しい姿など、しょせん求めても得られる影ではなかった。

――まぼろし小僧にあざむかれたかと、むらむらとした主計は思わず足を返した。だが、その時、いずことも知れず、ひと声高く聞こえてくる女の悲鳴があったのだ。

6

場所も幽雲屋敷といわれるこの家。

地の底から聞こえるかと思われる女の声。

主計もさすがにその時は三斗の冷水を頭から浴びせかけられるような不思議な思いが

した。

はっと耳を澄ましたが、その声はもう聞こえてこない。

妖怪変代のたたりなど恐れる主計ではなかった。まぼろし小僧の文も決していつわりだとは思えない。とすれば、たしかに、園絵はこの家に隠されているはずなのだ。

その時である。主計はまたしても身に迫るかすかな殺気を感じはじめた。

だれかが、いまこの家に近づいてくる！

主計はあたりを見まわした。身を隠すものとてないが、わずかに襖を残した、一つの押入の中にそっと身をひそめると。その透き間から、外の様子をうかがっていた。

自分が開けた戸の透き間から、ちらりと動く影が見えた。

暮れんとする夏の夕べの光を浴びて写った影は、前髪立ち、振り袖姿のお小姓作り、黒観音でめぐり会った粕谷小四郎にまぎれもない。

その小四郎が、どうしてここに……。

思う間もなく、その姿は薄暗い廊下のやみにのまれていった。

そっと押入からはい出した早乙女主計は、足音を忍ばせて、その跡を追う。

廊下の向こうは白壁のただ行きづまりのはずなのに、彼の姿はどこにもない。

主計は思わず目を疑った。小四郎は煙のように消えうせたのだ。

思わず足を速めて近づいたその白壁は、一見なんの異状もない。いぶかしげに、彼はあたりを眺めまわした。丸に四つ目の定紋を浮かした釘かくしのような金具が、柱に打ってある。それにさわると、かすかに右に動いていく。その陰に隠された金具の取っ手を、ためしに主計はひねってみた。

壁が動く！　静かに右に滑っていく！

その後には、黒く開いた半坪ほどの空間に、縄梯子が垂直に、ぐっと下まで延びていた。さわってみても手ごたえはない。粕谷小四郎はすでに地下に降り立ったのであろうか。

主計はもはやためらわなかった。どんな危険が中にひそんでいるにもせよ、ここからおめおめ引き返すには、男の意地が許さなかった。

一歩一歩と、麻縄を踏みしめながら、十何段の縄梯子を主計は静かに下っていった。

その下は単に地底の洞窟ではない。本建築の板廊下の感触が、主計の手には伝わってきた。

かすかに灯が漏れている。漆黒のやみに包まれたこの廊下に、一筋の光が漏れていたのだった。

小さな部屋と思われる。中から聞こえてくる人声に、そっと主計は耳を澄ました。

「それでは、やっと出来上がったか」

「どうにか仕上がってござんすよ。さすがは武家の娘でございますねえ。はじめは驚いたようだったが、最後には度胸がすわったとみえて、泣き声ひとつ立てねえようになりやした」

「ご苦労だった。殿もさだめてお喜びになることであろう……」

それはたしかに小四郎の声であった。

7

「だが、権次、約束の金は渡してとらせるが、このことは絶対に他に漏らすなよ。万一、口外したならば、その時はそのほうの首も——これだぞ」

ぱちりと、金打《きんちょう》の音がした。相手はしきりにせきこんで、

「いや、めっそうもありやせん、好きでなったがこの道の因果、ああした女の肌を見せられては、ただでも仕事をしたくなるのがこの稼業。おかげで、ふた月あまりというもの、ほんとうに打ち込んで仕事ができやした。お礼はこっちから申し上げねばならぬこと。なんで口外するもんですか」

「よし、そのことばを忘れるなよ。それでは参れ」

「はい」

主計は、はっと、その部屋の向こう側の廊下に身をひそめた。

がらりと杉戸が開いたと思うと、粕谷小四郎が、町人らしい風体の男とともに、またもとの縄梯子を上にのぼっていった。


今だ！　今こそ、この地下に隠された秘密を探るときが来た、と主計は思ったのだ。

そっとその部屋に忍び込むと、中には人相の悪い四十がらみの女が、立て膝横座りに煙管《きせる》をすぱすぱ吸っていた。

「おまえはだれだ！　だれに断って、ここへ入ってきやがった。ここは地獄の一丁目、二丁目のないところだぜ」

鉄火の啖呵《たんか》を切ってくる女の顔は、燈芯の光に照らされ、悪鬼か、三途の川のほとりに住む葬頭河《そうずか》のばばあのようにも見えたのである。

「それがしの名が知りたいか。早乙女主計と申す者。園絵どのを迎えに、こうして地獄にやって参った」

「園絵だって。何を言いやがる。そんな女はここにいやしねえよ」

「うそを申すな。たしかな証拠がなければ、こうして参りはせぬ。この一刀が目に入らぬか」

きらりと大刀を引き抜いて女の鼻先につきつけたとき、間の襖《ふすま》をぱっと開いて、主計の足もとに飛びついてきた女があった。

「主計さま！　主計さま！」

「おお、園絵どの！」

燃えるような緋《ひ》の長襦袢《ながじゆばん》ひとつのまま、前もしどろに園絵は主計の腰にとりすがると、思わずわっと泣きくずれた。

「ばばあめ、これでも園絵どのはおらぬと申すのか。連れて帰るぞ。この地獄から助けだすぞ」

「畜生！」

懐に隠した短刀をひらめかして女が飛びついてくるのに身をかわし、大刀の峰で背筋を一撃すれば、なんのことなく、女はうーんとうめいて倒れた。

「これにて邪魔も入るまい。園絵どの、久方ぶりの対面、主計もうれしく思うぞ」

「主計さま、ようこそおいでくださいました。あなたにひと目、いまひと目お目にかかりたい一念から、恥を忍んで、わたくしもいままで生きながらえておりました。もうなんの思いのこすところもございません」

「何をいわれる。そなたも武士の娘ではないか。お宅では、親御をはじめ、みなの者が、そなたを案じ、心配して、帰りを待ちわびているであろう。さあ、参られい」

8

「帰れませぬ。もう二度と家には帰れませぬ！」

園絵は、主計の手にすがって、涙にうるむ目に無量の思いをたたえていた。

「どうしてそんな……聞き分けのない」

「いえ、もう園絵は、前の園絵でございません。武士の娘にあるまじき恥辱を受けてしまいました。このような身になりまして、どうしておめおめ家へ帰っていけましょう。もう思い残すことは、この世にはございませぬ。どうか、園絵のことを忘れて、ない者と思ってくださいまし……」

主計の胸には、その瞬間、恐ろしい疑惑がさっと渦巻き上がった。

園絵が姿を消してからはや三月、寺島榎屋敷から奇怪な一群にさらわれてからも、すでに二カ月の日がたっている。

しかも、こうしてこの地の底に幽閉されて、あの美少年粕谷小四郎があのように訪ねてくるのを見ても、あるいはかよわい女の身、その操にも万一のことがあったのではないか……。

がばと園絵はしゃくり上げた。よよとばかりに泣きくずれた。

主計は見るに堪えなかった。

「さあ、園絵どの。その話はいずれあとで聞こう。ここでこのまま時を過ごしては、いかなる危難が襲いかからぬとも測り難い。一刻も早くこの場を逃げ出さねば……」

「はい……いいえ……」

畳の上に身を投げて大きく身もだえする園絵の襦袢のうなじから、主計は恐ろしいものを見た。

雪のような肌理《きめ》の細かい処女の肌が、あるいは青く、あるいは赤に彩られているではないか。

思わず身震いせずにはおられぬほどの不気味さなのだ。

「園絵どの、その背中は、その肌は……」

嗚咽の声はいよいよ高くなっていた。主計は、何かに憑《つ》かれたようにぐっとひざまずくと、しどろに崩れた長襦袢の背を、すらりと腰のあたりまで引き脱がせた。

「あっ」

主計も思わず目をみはった。

無残にも、この美女の背に燃えるのは、それこそ地獄の業火でないか。暗々黒のやみのように、青黒い墨の入った背胸の一面に、あやしくも燃えさかる火炎地獄。その中に、背に浮かんだ火の車、牛頭馬頭のあざけり笑う、罵声《ばせい》を浴びて泣き叫ぶ裸身の女の苦悶の姿。

「入れ墨……地獄変相図……」

主計は思わず目を覆って、悲痛な叫びを漏らしていた。

この入れ墨の図柄が、金座に伝えられた、地獄屛風の半双にひとしいものであろうとは、もとよりなんの知る由もない。

だが、この無垢の処女の身に、かかる悪虐非道の行為をほしいままにした悪鬼の名は！

「園絵どの、だれが、こうして、そなたの身に」

「主計さま！　これだけはあなたさまに見せたくは……知られたくはございませんでした……こんなみじめな姿をお目にかけましては、もう二度とお顔も見られませぬ……」

狂おしいばかりに叫ぶ園絵のことばがこの地下の密室にこだまして、長くいつまでも響いていた。

9

「あなたがお怪我をされましたと聞いて、見知らぬ女といっしょに、雷門のあたりから町駕籠に乗せられましたのが、思えば不覚でございました。

それから、白紋付きの浪人と鉄火な女にさいなまれ、眠り薬をかがされて、いつとはなしに、知らぬ間に、この肌を汚されたのでございます。

その晩、忍び込んできたまぼろし小僧という男に土蔵の中から連れ出され、あなたも近くにおられると聞いてやれうれしやと思う間もなく、また現れた一隊にいずこともなく連れ去られ、どこかの座敷牢の中へ……あの時、あなたのお姿をちらりとやみにうかがったのが今生の名残かと、ひそかに覚悟も決めましたが……。

その座敷牢は、どこのものとも知れません。ただ、人魚のお富とかいう女の方も、隣に閉じ込められていたらしゅうございます。

見張りの者の話の中には、鳥居の御前とか、後藤さまとか、安藤さまとか、そうした名前も漏れましたが……。

そこでは、その夜一夜を送ったきり、その翌日の夜、さるぐつわをはめられて、駕籠でここまで送られてまいったのでございます。

それからは、この女の見張りの下に、一歩たりともここから出ることはできません。

そうして、絵にかいたようなお小姓が、毎日毎夜、わたくしのところへやって参りました。その目はなにか恐ろしい目、澄んだきれいな目ではございますが、それをのぞいておりますうちに、蛇に見込まれた蛙のように気も遠くなり、なすがままになってしまうのでございます。

それといっしょに、権次とか申す入れ墨師がやって来て、わたしの肌に入れ墨をつづけて行ったのでございます。

はじめは、なんのことやら、訳もわかりませんでした。背中に傷ができたような痛みがあっただけでございます。それでも、腕から胸に針が進んできたときには、いくらわたしでも気がつきました。

武家の娘が、このように、生まれもつかぬかたわとなってしまっては、どうして人前に出られましょう。

わたくしは舌をかみ切って死のうと思いました。なんのため、このようになぶりものにするのだ、殺すならひと思いに、とも叫びましたが、あの恐ろしいお小姓は、ただ黙ってわたくしの目を見つめるばかり……そのうちにだんだん気も遠くなりまして、針の痛さもかえって快くなっていくのでございます。

ただ、いつか、まだ眠りに陥りませぬうちに、そのお小姓がこうつぶやくのを聞きました。――かわいそうな女だ。しかし、地獄屏風のなぞを解くには、これもまたやむにやまれぬ犠牲なのだ……と申しました」

鳥居甲斐……後藤三右衛門……安藤内蔵之助……そして、地獄屛風と粕谷小四郎！

名状し難い恐ろしさが、主計の背をかすめて過ぎた。

園絵も彼らの陰謀の祭壇に供えられた犠牲の羊にすぎないのか。

悪の力を憤る義憤の灰が、若い主計の胸の中に燎原《りょうげん》の火のように燃えたけった。

10

「園絵どの、話はあとでゆるりといたそう。参られい、早く、早く……」

われに返った早乙女主計は、またしても、なにか身に迫ろうとする不気味なものの影を感じて、躊躇《ちゅうちょ》する園絵の手を引きながら、やみの廊下に走り出していった。

だが、いつの間にはね上げられたか、あの縄梯子はどこにもない！

思わず呆然と立ちすくんだ主計の耳には、どこからともなく、覚えのある粕谷小四郎の声が聞こえてきた。

「早乙女主計さま、粕谷小四郎にござります。黒観音の一別以来、不思議なところで再会いたしましたのう」

「なんじは粕谷小四郎か！　かよわき女を捕らえてかかる非道の処置……武士の業とも思われぬ。なんじがごとき鬼畜のやからは、もはや容赦はあいならぬ。たたっ斬るから、これへ直れ！」

「ほっほっほ、さすがは斎藤道場の小天狗といわれる早乙女主計さま、勇気こそ二人前も三人前もおありでございます。尋常に勝負をしてはわたしの負け。だが、そこは兵法の極意をもってお相手を……」

「ひきょう者！　逃げおるか！」

「逃げませぬ。ただいまそれへ参ります。ただ、その前に、少しばかり細工をいたしておきましょう」

　いつしか、主計の身のまわりには、不思議な煙が漂いはじめた。

　甘い、香ばしい、酔うような、むせるような、不思議な香りがたちこめてきた。

刀を持った右の手が、次第次第にしびれていく。目がくらみ、のどが渇き、体の節々が一つずつ力なく抜けていく気がした。

「主計さま、主計さま、わたしを殺してくださいませ。もうこのような地獄の責め苦は耐えられませぬ。この胸を、乳房を、その大刀でひと突きに……」

大きくあえぎ、体に波を打たせつつ、園絵は彼にすがりついた。

地下の空気に汗ばんだやわらかな裸身の感触が、わずか一枚の絹を通して、じーんと主計の身に伝わった。

「ひきょう……ひきょう……」

「命がけの勝負にひきょうだなどと言い張るのは、愚か者のたわごとでございます。相手を料理する前にまず相手の力をぬくのが兵法の極意とか。逸をもって労を待つとも孫子は申しておりますが……」

「おのれ！　おのれ！」

目に見えぬこの大敵を前にしては、神道無念流の奥義もなんの役にも立たなかった。

じわりじわりといつか体を包んでくるこの毒煙のただなかでは、切り逃れるべきすべもなかった。

「主計さま……わたしを殺して、あなたさまも……」

「園絵どの……」

いつしか大刀は手から離れて、廊下の上に落ちていた。それをふたたび拾い上げる力も、いまは失っていた。

主計は、園絵の体を抱いたまま、地底のやみにくずおれて、気を失ってしまったのだ。

黄金白道

1

その夜おそく——

内藤主膳屋敷には、人目を忍んで、どこからともなく、幾人かの黒い人影が集まってきた。

黒装束に黒覆面、腰におぼえの大小をたばさみ、殺気を帯びた姿である。

「小四郎、でかしおったぞ」

鳥居甲斐と思われる声がひと声高く響いた。

「はっ、恐れ入ります。逃がしてはやっかいな相手と思いまして、習い覚えましたる睡煙の一手を用いましたまで……忍者の秘法にござります。お褒めにあずかるほどのものではございません」

「いや、早乙女主計と申せば、斎藤道場においても一、二といわれる手きき、時によっては臨機の処置も、あながちひきょうとはいわれまい。して、二人の身はいかがいたした」

「殿にも申し上げましたが、ただ昏々と眠りに落ちますのみにて、人体には別条もございませぬのが、あの睡煙の特性にございます。

　煙の晴れるのを待ちまして地下室に入り、二人を高手小手に縛り上げ、気を失っておりましたばばあめに活を入れまして見張りさせ、それよりお知らせに上がりました」

「よし！　当屋敷の旧主、内藤主膳と申す者は、ご禁制のキリシタン信者であった。そのために造った地下の密室だが……天下の直参、旗本の中にさような不心得者のあるを世に漏るるを恐れて、当主乱心といいたて、詰め腹切らせたが、それが思わぬ役に立った……。

　しかし、こうなっては、もはやこの屋敷も長居は無用のこと。権次は斬ったな」

「明日にも、隅田の川上には、肩先を唐竹割りに斬り下げられた入れ墨師の骸《むくろ》が浮かぶでございましょう」

　甲斐は大きくうなずいて、

「そのほうどもは、地下室に参り、主計を斬り捨てい。園絵はこれに連れてまいり、用意の駕籠に……よいか。急げ！」

「はっ」

ことば少なに答えた。黒装束の数名は、相次いで、墨のような主膳屋敷の中に消えた。

甲斐も小四郎も、じっとその動きに耳を傾けたまま、黙然と塑像のように動かなかった。いまにも地下から聞こえてくる男の断末魔の叫び声を、いまかいまかと待ちかまえていたのである……。

だが、その叫びはいつになっても聞こえもせず、ばらばらと集まってきた人影が甲斐の前にぴたりと平伏して、

「殿！」

「なにごとじゃ」

「主計の姿も、園絵も、どこにも見えませぬ」

「なんと！」

「ばばあめがいましめられておりました。小四郎どのが去ってから、いずこともなく現れた黒装束の男にやられたとのこと……」

「黒装束の男とは！」

「まぼろし小僧でございます。ばばあを倒し、二人の身を次々に担ぎ上げて、地上へ逃げ去りましたとのこと……それから一度帰ってきて、獲物はまぼろし小僧がもらっていく、甲斐どのにそう伝言せよ、と申したそうでございます」

2

深い眠りからさめて、園絵はやっと目を開いた。

いや、浅草寺観世音以来の一日一日は、うつつといえばうつつ、夢といえば夢ともいえる日々だった。恐ろしい悪夢の連続なのだった。

力とたのみ、命をかけて恋い慕う主計があの場に現れて、自分を救い出してくれたと思ったのも束の間、またしても毒煙の中に倒れて、あれからどのくらいたっただろう。

そして、ここはいったいどこなのだろう。

「お気がつきましたかい」

紺の浴衣の胸をはだけたいなせな若い男の顔が目の前に浮かんだ。

かったのだ。

　園絵は、がばと半身を起こすと、ぐっと身を後ろにひいて、男の顔を見つめた。あのこと以来、自分の前に現れる一人一人は、すべて地獄の悪鬼のように思われてならなかったのだ。

「お、おまえは！」

「ご心配なさるにゃ及びませんって。こっちは怪しいもんじゃねえ」

　この男は、女のようなやさ面に、心にくいばかりの片えくぼを浮かべた。

「ここは下谷数寄屋町の長屋で、文吉というやくざ者だが、別に鬼でも蛇でもねえ。めったにとって食おうたあいいやしませんよ」

「はい」

　と答えてみたものの、園絵は今はどんなことばも信用する気にはなれなかった。

「どうして、それでは、わたくしがこのようなところにおるのでございましょう」

「それがこちらにもわからねえんだが……おまえさん、まぼろし小僧という男に心あたりはありなさるかい」

　まぼろし小僧……寺島榎屋敷の土蔵の中から、自分を救い出そうとしてくれた男。

　その名は、善にもあれ、悪にもあれ、園絵には忘れることのできぬ名だった。

「はい……少しばかり存じております」

「そのまぼろし小僧からの文といっしょに、この長屋に駕籠《かご》で担ぎ込まれたというわけなのさ。こちらもいい加減びっくりしたが、見ればすやすや眠っていなさる様子だし、この文吉を見かけて駕籠を持ち込むからはなんぞ子細もあるだろうと、江戸っ子の意地で引き受けたんでさあ」

「して、その文はどのように……」

「いいですかい、こんな文句が書いてある」

文吉は、行燈《あんどん》の灯に、達筆に書かれた巻紙をかざしたが……。

〈取り急ぎ一筆参らせ候。

陋巷《ろうこう》に身はやつしおられても、日ごろのご心労の段々、ひとかたならぬ御事とお察しいたしおり候。

駕籠の女は、旗本近藤京之進の一人娘、園絵どのにござ候。先般、とある事情によって、浅草寺観世音よりかどわかされ、某屋敷に幽閉されおりしを、それがし救いまいらせ候。

そのご処分についてはお心もござるべく、それがしの一存にて事をはかろうよりは、一応お目にかけた上、ご一任まいらすべく、まずはお届け申し上げ候。
なお、早乙女主計どのの御身についても、ご心配あるまじく願い上げ候。
まぼろし小僧
文吉どの〉

3

「それでは、わたくしの身の上も……」

園絵はがくりと身を崩した。

「見て見ぬふりはするつもりだが……」

「文吉さまとやら、それではわたくしをここから帰してくださいますか」

「どこへ行かれようと別に止めようたあ思わねえが、およしなせえよ、無分別は。もしこちらがこのまま知らぬふりして帰したら、おまえさんは家には帰りゃしますめえ」

「えっ」

「七千石の知行取り、武家の娘に生まれた身は、生まれもつかぬ入れ墨女になったなら、よもやおめおめ大手を振って家には帰りもなりますめえ。おまえさん、どこかで死になさるつもりだろう」

心の奥を見透かされて、園絵は無言のままに頭をたれた。その切れ長の両眼には、思わぬ露の一滴が……。

「いや、なにもおまえさんを裸にして調べたわけじゃあねえよ。だが、ここへ担ぎ込まれたおまえさんの体は、裸も同然だった。見まいとしても、いやでもその背は目に写る……」

「…………」

「七千石の旗本の一人娘をかどわかし、図柄もあろうに人の恐れる地獄変相図の入れ墨を彫りこむとは、ずいぶん非道の人間も世の中にはいるものだなあ」

「ごめん……」

血を吐くような声を漏らして、園絵はまくらもとに置かれた匕首《あいくち》の鞘《さや》をはらうと、左の胸、乳房をねらって突き立てようとした。

「危ない！　何をするんだ！」

「お願い！　死なせて！　このままに見て見ぬふりを……」

「ならねえ。つまらぬまねはするんじゃねえ」

文古は、逆手に園絵の腕をとり、その匕首をもぎとった。

「殺すつもりで、この匕首をこんなところへ出したんじゃねえ。せっかく助けてやったのに、人に迷惑をかけるつもりか」

「面目……次第もございません」

「何も心配することあねえじゃねえか。入れ墨ぐれえされたって、それがなんだ……武家の中ならともかくも、侍ばかりが人間でもあるめえし、生きていく道はいくらでもあるってことよ。

江戸の町人の間じゃあ、入れ墨のない人間は男でも女でも肩身が狭いというくらい、大手を振って世渡りができるんだ。人間は、たとえ体は汚れても、心さえ清らかだったら、だれにはばかるところもねえ。もっと気を大きくお持ちなせえよ」

「はい……」

「いまのときめく北町奉行遠山左衛門尉景元だって、金四郎、いや、金さんと名乗って芝居小屋の笛吹きをしていた時分にゃ、ずいぶん放蕩三昧もした。桜の入れ墨を全身に彫りこんで、いなせな兄さんで通ったもんだ。それが今は天下のお奉行で、裃姿《かみしもすがた》のお殿さま。といって入れ墨は消せやしめえ……」

自嘲のようなそのことばに、園絵ははっと顔を上げた。

「もしや、あなたは……あなたさまは……」

「わっしが……」

「お話のことばの中から気がつきました。あなたさまこそ、北町奉行遠山左衛門尉さまの仮のお姿でございましょう」

4

文吉は大きく口を開けて笑った。

「はっはっは。こともあろうに、こんなやくざをお奉行さまと間違えなくったっていいじゃあねえか」

「いえいえ、園絵の目に狂いはございません。裃姿のお姿は、二、三度ちらりと拝見したこともございます」

「他人の空似ということもあらあ」

「お隠しなされてもだめでございます。その胸に見えます桜の入れ墨は、それは何でございますか」

「これは……」

「お年ごろといい、お顔つきといい、その入れ墨の朱桜といい、あなたさまが遠山さまでなかったら……。

遠山さまは、下情に通ずるために、ご非番の月にはお屋敷を空けられて、町人姿でひと月を過ごされるのだと、それとなく承ったこともございます。これでもお隠しなさいますか」

文吉の口もとには、かすかな笑いが浮かび上がった。

「そこまで図星をさされては、もはや隠しても追いつくまい。いかにも拙者は遠山左衛門尉。ここは世をしのぶ仮の宿。余人に申してくれるなよ」

「はっ」

「よいよい。平伏には及ばぬこと、お手を上げられい。これからそのほうはどうなされるおつもりじゃ」

「おことばは、園絵、身にしみてしみじみと感じ入りました。もはや無分別は思いきりましてあらためて考えてみたいと存じます」

「それがいい。そうなされるが御身のため。それでは家に帰られるか」

「いいえ、わたくしはもはや家も親もない女でございます。近藤京之進の娘、園絵は死にました。わたくしは生まれ変わったただの園絵……」

「過去のきずなを切り捨てて、新しい道を進むか——それもよい。だが、園絵どの、御身には切り捨て難い一つの大綱があろう」

「とおっしゃいますと」

「隠すに及ばぬ。早乙女主計のことなのじゃ」

園絵の顔も、ぱっと恥じらいに赤らんだ。

「よいよい、恋を恥ずるには及びはせぬ。だが、園絵どの、御身は主計どのの身を包む大陰謀を存じおるか」

「陰謀——とおおせられますか」

「いかにも。表面にはさまで現れぬとはいうものの、江戸開府以来、その規模と深さにおいては一、二に数えらるべき大陰謀が、いま江戸の八百八町に、黒い大渦を巻いて進展しているのだ。早乙女主計はいまその中に巻き込まれ、幾度となく必殺の死地に追い込まれた。園絵どの、御身のかどわかされたのも、その陰謀の一つのあらわれというほかはない」

薄暗い行燈《あんどん》の光を浴びた文吉の顔は、園絵にはまるで後光がさすように見えた。

「殿さま、殿さまはまぼろし小僧をご存じで……」

文吉はかすかな苦笑を漏らしながら、

「やせても枯れても江戸の政治を握るそれがし、鼠賊《そぞく》どもとはつきあいはない。だが、このような書面をしたためてよこしたところを見れば、先方ではそれがしをよく存じているかのようにも見える。それは問うまい。ただ、園絵どの。御身をそれがしに託したのは、そこに一つの子細があるのだ……」

5

園絵は、今はことばも忘れて、文吉の口からどんな秘密が漏れるかと、固唾をのんで待ちうけていた。

「南町奉行鳥居どのと、御身の父御《ててご》京之進どのとは、日ごろ格別の間である。だが、それは表面だけのこと、一皮むけば、鳥居どのは御身の父御にとって代わられるのを恐れているのだ……。

御身を最初にかどわかし、寺島榎屋敷に監禁したのは、大塩残党の篠原一角と申す曲者《くせもの》。その入れ墨を施したのは、一には京之進どのに対する復讐のため、一には主計を誘い出さんとするためであった。

だが、そのあとで、御身を榎屋敷から奪い返し、いずことも知れぬが監禁してその入れ墨を彫りつづけさせたのが鳥居一味の仕業であることは、それがしも薄々見当はついている。

その入れ墨を何に役立てようとしたか、それはわからぬことでもない……。

園絵どの、その入れ墨を逆に役立てる気はないか」

「えっ」

「主計どのを取り巻く陰謀の根源の一つは、雲州松江家にある。当主斉貴公の秘蔵おくあたわざる地獄屏風。これをめぐって、愛妾楓《あいしょうかえで》の方と江戸家老安藤内蔵之助がお家乗っ取りの陰謀をたくらんでおることは、それがしの耳にまで入っておる……。

御身とともに榎屋敷の土蔵にあった地獄屏風の半双は、まぼろし小僧の手に落ちた。

この半双をあわせ持ち、青竜鬼の持つ死人の銭の一枚を手に入れ、人魚のお富の秘密を解けば、その時こそはじめて、江戸開府以来の大きななぞが解けるのだ。雲州松江家の陰謀も、鳥居一味の野望もついえて、主計の呪縛も解けるのだ。大江戸八百八町の民も、はじめて生色をとり戻すのだ……」

一句一語の意味はわからぬが、文吉のことばの陰にこめられた烈火の気迫には、さすがに園絵を打つものがあった。

「汚されました身でございます。主計さまのため、父上のため、世のためになりますことなら、命もいといはいたしませぬが、それでは、その方法と申しますと……」

「雲州松江家に入りこむのじゃ」

「松江家に」

「当主斉貴公は英邁《えいまい》の君主であるが、なにぶんにもお年が若い……。側近の奸臣にあやまられ、一日一日と君たるべき道を踏み外し、大きな陥穽《かんせい》に落ちようとしている……。危うし、松江十八万六千石。まさしく風前のともしびの感がある。昨今の情勢がこのまま進めば、殿のお命もあとは時間の問題か。それは防がねばなるまい」

「それでも、わたくしの体では……」

「その入れ墨が役立つのじゃ。松江家においては、今、御殿女中にすべて入れ墨を施し、殿の歓心を買わんとしている。心ある者は憤然家を去り、入れ墨の女探索の手は江戸の市中にのびてきた……わずかに乗ずべき機会はそれ。御身ならではかなわぬ大役、承知してくれるか」

「はい……」

「それでは、金座後藤家と雲州松江家をつなぐ秘密を打ち明けとらせよう」

6

さわやかな夜風に頰《ほお》をなぶられて、早乙女主計も目をさました。

そして、思わずはっとして、あたりを鋭く見まわした。

園絵の身を腕に抱きながら。やみの中にくずおれた内藤主膳屋敷の地下室とは、とって変わった場所である。

さんさ時雨か　茅野《かやの》の雨か

音もせで来て　ぬれかかる……

どこからか、いきな小唄の声までがかすかに聞こえてくるのだった。

——ここはいったいどこだろう。どうして、こんなところに、自分は倒れているのだろう。

主計には何がなんだかわからなかった。ただ、国広の一刀も腰にそのまま差されている。夜露にしとどぬれた身に、左腕の傷あとがちくりと痛んだ。

そのうちに、主計にはおぼろにこのあたりの地理がのみこめてきたのであった。黒板塀にも、見越しの松にも、この生け垣にも覚えがある。思えば、自分は、うつろな心を抱きつつ、何度このあたりをさまよったことだろう。

下谷二長町、人魚のお富の住まいの裏手ではないか。

懐中には何かかすかな感触があった。何かと手を差し入れてみれば、それは一通の書状である。

その封には、

お富どのまいる　　まぼろし小僧より

と、達筆にしたためてある。

はじめて主計も思い当たった。ああしてあの地下室に気を失ってから、どんなことが起こったのか――それはもとより知る由もないが、九死一生のあの危地から自分を救い出してくれたのは、やはり彼、まぼろし小僧だったのだ。

だが、この手紙は、いったいどうすればいいのだろう。あれから何度たずねても、お富は家におらなかった。上方へ旅に出たということだったが、それではこれはどうすればお富の手に渡せるのだろう。

いやいや、決してそうではない。すべての事件、かげの秘密を、手のひらの上の物を見るように見通すまぼろし小僧のこと、自分に無意味に書面を託し、お富の家の裏にその身を投げ出しておくはずはない。

お富はいまこの家に帰っているのだ！

主計には、はじめて、まぼろし小僧の意図がおぼろにつかめてきたのであった。

その時である。ひたひたとやみを破って聞こえてくる低い雪駄《せった》の音があった。

主計は、はっと立ち上がって、そっと近くの家の軒下に身をひそめた。

男である。色白の女とまがう男である。涼しげな夏羽織に白扇をぱちりぱちりと鳴らしながら主計の前を通り過ぎ、あたりをしきりに見まわしながらお富の家の黒板塀の切り戸を開いて中に姿を消したのだ。

主計はその目を疑った。これはいったい何者なのか。あのように何人となく敵を持つ身のお富が、この切り戸を閉めるのを不用心に忘れるわけはよもやあるまい。とすれば、これはお富としめしあわせての行動にちがいはないが——それでは、お富にも、世をしのび、人目をはばかるひそかな恋の相手があったのだろうか。

むらむらと、いうにいわれぬ嫉妬のほむらが、主計の心に燃え上がった。

7

「お富、許せよ」

案内もなく庭の松の木の陰から青白い顔に微笑を浮かべて声をかけた曾根俊之輔の姿を見て、風鈴の音に耳を傾けていた湯上がり姿のお富は、艶然《えんぜん》としなを作って頭を下げた。

「俊之輔さま、ようこそ、お待ちいたしておりました。どうぞお上がりくださいませ」

「よいよい、これにてよい。その後、変わりはなかったか。殿も心配いたしおられるぞ」

「別段、事もございませぬ。ただ、使命を果たすこともできずにこうして時を送りますことが残念でなりません」

「御身の悲願は、女の手ひとつにあまる大望じゃ。よもやあせるには及ぶまい。いずれは花咲く春もあること、気を大きく持たれるが肝要じゃぞ」

「はい……」

「実は、今夜参ったは余の儀ではないが……しばらく鳴りを静めていた敵の陣営に、またしても戦の機運が熟してきた。かすみを食って江戸から逃走していた黒島八兵衛も、ふたたび江戸に舞い戻った様子。篠原一角の姿を日本橋あたりで見かけたという者もある。斉貴公の出府とともに、地獄屏風の半双も江戸に帰ったはずなのじゃが……」

「あとの半双はいずれにございますか、おわかりでございますか」

「わからぬ。海津屋の店先より奪い去られたあの半双は、その後、行方知れずになっている。死人の銭も姿を見せぬ。ただ……」

「ただ……」

「そのほうは青竜鬼と申す者を存じておるか」

「まぼろし小僧の文が参った。死人の銭の最後の一枚は地獄谷青竜鬼の手にありと、それがしあての書面であった」

「青竜鬼——？」

「地獄谷……青竜鬼……なんでござりましょう」

「それはまぼろし小僧のみ知る秘密であろう。あとの四枚は世に出たが……」

「その四枚を手に入れるために、わたくしは四人の家来を殺しました。それが役に立たぬと聞いたなら、彼らもあの世で……さだめて浮かばれますまい……」

「やむをえぬ。大願成就のためにはやむをえぬ犠牲、最後の一枚さえ手に入れれば、彼らもおそらく草葉のかげで笑って成仏いたすであろう」

「それで家の復興はなりましょうか」

「あのあかしさえ相立つならば、殿も身命にかけても御身の悲願達成を幕閣に願い出ると申しておられるのだ。いや、少なくとも後藤三右衛門の失脚は免れぬこと。鳥居一味の陰謀にも、最後の時は来るであろう」

白扇をぱちりと鳴らして俊之輔がうつむいたときである、塀の上からひらひらと一通の白い書状が舞い落ちた。

「曾根さま――」

「お富どの――」

刀の柄《つか》に手をかけながら、俊之輔は塀の際まで走り寄り、それを拾い上げると、縁に帰ってその封を切った。

「お富どの、まぼろし小僧はそのほうに地獄屏風の半双を譲り渡すと申しておるぞ。主計どの……早乙女どの……」

主計の声は聞こえなかった。

8

主計は、まぼろし小僧の託した書状を庭へ投げ込むと、足早にその場から立ち去っていた。

世に恐るべきは嫉妬と錯覚である。彼にしても、この時お富の家を訪れた若い武士が、遠山左衛門尉の配下、剃刀《かみそり》同心曾根俊之輔であると知ったなら、なにもこうして追われるようにこの場を立ち去ることはなかった。手ずからお富に書状を渡して、それで済むことなのだった。

だが、お富の素姓も知らなかった主計としては、大小たばさむ武士としては、深夜こうして裏口から忍び込んだ若侍を恋の逢瀬を楽しむお富の相手と思い、その跡を追う気になれなかったのも決して無理なことではない。そしてまた、この武士に思わぬ嫉妬を抱くほど、お富に対する恋は深かったともいえる。これだけでことの収まるはずはなかった。なんとなく寂寞《せきばく》たる思いに時も所も忘れて、どことなしに主計は歩きつづけていた。夜は深更――人影もない江戸の街。

「水や空々行くもまた雲の波の、撃ち合い刺し違うる船軍の掛け引き、浮き沈むとせしほどに、春の夜の波より明けて……」

どこともなく「八島」の謡を口ずさみ、酔歩を運ぶ足音が聞こえてくる。と思うと、たちまちぱっとその声がやんで、

「何をするッ。慮外すな！　ご身分あるお方のお忍びなるぞ。慮外をなすと、その分には」

と、ひと声高くやみをつんざく叫びとともに、ちゃりんと刀の音が聞こえた。

はっと、主計は躍り上がった。かっと国広の目釘を湿し、つつつと半町ほど声の聞こ

えた方にすり足。おっとり刀で駆けつけると、またしても二合三合、斬りあう刀の響きとともに、

「斬れッ、斬れッ、有無をいわさずたたっ斬れッ」

低く鋭い男の声が、主計の耳を打ったのである。

どこかの寺の前であった。堅く閉ざした山門の前に、紫の頭巾で顔を包んだ三人の武士が立っていた。白刃を抜いた二人は、中の一人の身を包み、三方から迫る十数本の剣先を払いのけんとしていたのだ。

その声には、主計もたしかに覚えがあった。あの夜、たしかに、寺島榎屋敷の殺陣に剣をかわした男の声。園絵をかどわかした男の声。

「無礼者！　なんの子細で斬りかけた。名のれッ、名のれッ、恨みを受くる覚えはないぞ」

二人の剣に身を守られて、刀も抜かぬ長身の紫頭巾の武士が甲高いことばを投げた。

「そちらに覚えはあるまいが、こちらにゃいろいろ子細がある。お命ちょうだいいたすまで」

憎々しげな男の声にともなって、十数本の剣先は、ぐぐっと三人の身に迫っていく。

主計はもはやたまりかねた。彼らのねらう相手の正体こそ知らぬ。いずれは邪悪の剣に苦しむ罪とがもない者であろうと思ったとき、剣陣は動から静、静から動へまた動いて、

「えいッ」

外側から斬り込む剣が二合三合、はっしとやみに火花を散らし、あっというめきがかすかに伝わってきた。

「推参!」

もはや瞬時の猶予もならず、主計は大刀を抜き放つとその剣陣に身を躍らせた。

9

多勢に無勢を頼みとして、一気にこの三人を斬り倒そうとしていた一団にも、なんとはなし動揺が起こった。

「何者だッ、邪魔だてすると、その分には——」

「みどもの声を忘れたかッ」

息もつがさず一人二人斬り倒すと、主計は円陣を破って山門に背をつけ、首領と見える一人に刀をつけた。

「きさまは……早乙女主計だな……」

「いかにも。寺島榎屋敷の一別以来、くしくもここでめぐりあわした。今夜こそ、あの時の勝負をつけるといたそうか」

「早乙女どのとやら……ご助勢かたじけない。殿のお身を、早く、早く……」

山門の前に倒れて虫の息にのたうちまわっていた一人の武士が、末期の声を振り絞った。

「こちらはてまえ一人で十分。殿のお身にいささかなりとも間違いがあってはなりませぬ。早乙女どのとやら、早く殿をこの場からお連れ申して」

いま一人の武士が必死に斬り結びながら、主計の方に声をかけた。

「殿とは……」

「ご身分はいずれ……某大藩の当主でござる」

主計の脳裏には、何かの影がひらめいた。

「引き受け申した。あとは頼むぞ。では、殿……」

刀も抜かず、無言のままにたたずんでいる紫頭巾の手を引くと、主計は右に左に襲いかかる敵を前後に斬り倒し、一方の血路を開いて討って出た。

「逃がすな、それッ!」

追い迫る声を聞きつつ、主計は夜の道をどこともしれず走りつづけた。立ち止まっては刀をかわし、振り返っては一人を追いのけ、小半刻《こはんとき》(三十分)あまりもその場から落ちのびた。

巷の灯も見えるあたり、材木置き場の陰まで来て、主計はほっとひと息した。「いずれさまかは存じませぬが、これまで落ちのびてまいりますれば、もはや大丈夫にございます。お屋敷までそれがしお供つかまつりますれば、暫時《ざんじ》これにてご休息を……」

「早乙女主計とか申したのう。そのほうはいずれの家中じゃ」

「旗本、早乙女帯刀の一子にござります。まだ部屋住みの身にございます」

「それだけの腕を持ちながら部屋住みとは……いや、今夜のところは、そのほうのために、危うい命を救われた。厚く礼を申すぞ」

「恐れ入ります。そのおことばには及ばぬこと……失礼ながら、そなたさまは雲州松江家の当主、松平斉貴さまにはございませぬか」

紫頭巾の武士もまた驚いたように声を高めた。

「なに、斉貴の身を存じおるか」

「あるいは——とも思っておりました。ご大藩のご当主と承りましたので……」

「面目ない。十八万六千石の当主として、よしなき微行……だが、このままにはいたされぬ。命を救ってくれた礼をいたさねば相成るまい。何か望みの品はないか」

「望みをおかなえくださいますか」

「いかにも……」

「それではお願い申し上げます。殿ご秘蔵と聞き及びます地獄屏風の半双を、ぜひたまわりとうございます」

10

斉貴は、ものもいわずに、紫の頭巾をはいだ。

「地獄屏風の半双とは、また妙なものを所望いたすのう。あれをどうするつもりなのか」

「ある女性に渡してやりとうございます」

「その女の名は」

「人魚のお富と申します。一介の町の女俠《にょきょう》でございますが」

「お富……あの女がいま江戸に参っていると申すか」

「御意」

「地獄屏風を求めておるか」

「命にかけても、あの半双の二面をそろえたい儀にござります」

「もっともなこと……あの女がこの屏風に未練を残す気持ちもわからぬことはない。だが、主計、あの屏風の中に秘められた大きな秘密を存じた上で、そのほうはそう申すのか」

「秘密とは……なんでございましょう」

「予はあの屏風の秘密を解こうとして、この肺肝をくだいてきた。わからぬ。予にはわからなかった。ただ、一万貫の黄金の在所を隠す秘密の鍵があの屏風の中に隠してあることは、斎貴、薄々気づいておる……」

独り言のように斉貴はつぶやいた。

さすがに主計も愕然とした。一万貫の黄金とは！　江戸城ご金蔵の奥にも、これだけの黄金の隠されているはずはない！

「その黄金とは、一万貫の黄金とは、いずれのものでござります」

斉貴はやみに鋭い視線を投げた。

「そのほう、何も知らぬのか」

「存じませぬ」

「金座二代の祖、後藤広世が世に残し、一朝天下に事あらば役立たせよと遺言して、子孫に伝えた宝である」

「それでは、殿は……」

「余は天下の秘宝を私するつもりはない。ただ、予は日本の将来を憂うるのだ。先年、大塩の乱以来、相次ぐ悪政天災に、天下の民は口にはいわねど、内心不平を禁じえず、何かの改革を待っていることは、すでに予も見ぬいている……。

主計、予はそれがしを力になる者と見た。正義のためには命を惜しまぬ勇者と見た。予に一臂の力を貸すつもりはないか」

「恐れ多いおことばにございます。天下のためになりますことなら……」

「予の供をして、屋敷へ参るがよい。くわしいことはその上で……」

「殿、いま一つだけお尋ねがございます」

主計はぐっと歩を進めた。

「なにごとじゃ」

「お富……人魚のお富の本性を、殿はご存じでございましょうか」

「いかにも……」

「殿とは敵でございましょうか、それとも味方でございましょうか」

「敵と思われる子細はない。あの女こそ、金座正統の後藤家の血脈を継ぐ一人の女……三十年前に世を去った九代の当主光暢の一人の孫にあたるのだ……」

「金座後藤家の嫡流とは……」

「主計、予はお富に会いたいのだ。お富の握る秘密を聞きたい。お富の望みもかなえ、予もまたみずからの志を天下に述べてみたいのだ。必ずわかる……そうすれば、最後のなぞが解けるのだ……」

出雲九代

1

出雲《いずも》家の当主斉貴公がこのようにわずかの従者を連れただけで夜の江戸の街を微行しているさえ不思議な出来事なのに、まして、その口から漏れたことばを聞いて、早乙女主計が思わず耳を疑ったのも無理はない。

そもそも、出雲松平家の歴史の跡をたどるならば――

徳川家康の長子秀康《ひでやす》の三男出羽守直政《でわのかみなおまさ》が大坂落城を去ること五年、元和五年、上総国《かずさのくに》姉崎《あねさき》に一万石を賜ったのを祖として、それよりさらに十七年後、寛永十三年出雲国松江において十八万六千石を領してから、綱隆《つなたか》、綱近《つなちか》、吉透《よしとう》、宣維《のりすみ》、宗衍《むねのぶ》、治郷《はるさと》、斉恒《なりつね》と代を重ねてここに九代、松平斉貴の世を迎えたのである――

いまでこそ一応内福とはいわれるものの、その祖父松平治郷の時代には、出雲家は滅亡の危機にさえ瀕《ひん》していた。

治郷が十七歳でその家を継いだときには、十八万六千石の大名が江戸市中を走りまわってもわずか一両の金の工面ができなかったといわれるくらい。彼が出雲家中興の祖といわれる名君でなかったならば、しょせん家の破滅は避けられなかったにちがいない。

だが、彼は、たちまち藩政を一新し、産業開発、経済の充実に努め、四十年の在位をもって出雲家の財政を根本的に立て直し、盤石のやすきにおいてしまったのである。

その後、彼は功成り名とげて、家を譲って出家し、不昧《ふまい》と号して茶道に不昧派の一派を開き、名君の名をうたわれながら世を去ったのであった。

その血をひいた斉貴である。先々代、先代を助けた良臣も、決して少なくはなかった。八歳にして家を継ぐや、賢臣大学者に助けられて着々として治績をあげ、「出雲版延喜式」「南史」「北史」百八十巻の校訂を完成して幕府に上納し、あっぱれ不昧公の再来よと人のうわさにも上ったほどの名君だったが……。

だが、最近の斉貴の世評は芳しいものではなかった。

江戸の郊外砂村に豪奢な別邸を設けて遊宴にふけっているとか、鷹狩りを好んで農民の苦しみを顧みぬとか、江戸の遊芸人を藩地へ招いたとか――そのようなうわさは絶えず、江戸の街々に流れて止まらなかったのだ。

もしも幕府が仮に鋭い目を光らせたら、これは決してこのままに済まされておくことではなかった。

家断絶――とまではいかなくても、当主の隠居ぐらいのことは、当然、言いわたされるべきだったのである。そのようなことに気のつかぬ暗君でもあるまいに――と、当時の心ある人々は、思わず眉をひそめていた。

だが、この運命の大戯曲、松江家大陰謀の主人公、松平斉貴という人物は、はたしてどのような君主だったろう。

歴史の記録の示すように、売り家と唐様に書く三代目――治郷中興の業を画餅《がべい》に帰した暗愚の主君だったのだろうか。

それともまた、表面では放蕩三昧を装いながら、心には烈々の気迫をいだく運命の子であったのだろうか。

彼の晩年のあの悲運は、はたして彼のみずからまいた所業のなせるところだろうか。

それは、いま、この場で語ることはできない。彼もまた、運命の地獄絵巻の中に躍る哀れなる一人にすぎなかったのだ。

2

「仕損じおったと申すのか。ばか者めがッ」

大刀をひっさげて妾宅の縁側に出てきた鳥居甲斐守は、声高に、庭にひれふした一人の黒装束をしかりとばした。

「はっ、面目次第もございません。いまひと息と思いましたるところ、思わぬ邪魔が入りまして……」

「思わぬ邪魔……」

「いずこともなく現れました例の早乙女主計めが、松平斉貴公の手を引いて」

「しっ！　声が高い！」

あわてて制止したものの、甲斐はいかにも無念そうだった。

「あの男が……あいつめが……息の根止めるを忘れたばかりに……」

「なんと申しましても、斎藤道場の竜虎とか小天狗とかいわれます者だけに……」

「正面きっての相手はできぬと申すのか」

「いえ、めっそうもございませぬ。ただ、なにせ暗夜のこととて行く先知れず、ついに逸してございます」

「頼みがいのない者どもめが」

甲斐は思わず歯ぎしりした。

「諏訪、一度ならず二度三度までもこうしたこととなっては、こりゃあひとかたならぬこと。上手の手から水が漏る。もしも主計の手によって斉貴とお富が顔を合わせることになっては、こちらの折角の計画も画餅に帰してしまうのじゃ」

「ごもっともの仰せにございます」

「それがしが江戸町奉行の身をもってそのほうら浪人どもをこのように駆り集め大事を託しておるのは、それがし一人のためではないぞ。事が成ったら、それがしも後藤三右衛門と手を組んで江戸幕府の治政を一手に握るときが来る。それなればこそ、そのほうらにも莫大な恩賞をかけておるのじゃ」

「そのために、それがしたちも一身をかけて殿にお仕えいたしておりまする」

「さあ、それじゃて。はじめはさほどのことはあるまいと高をくくって見ておったが、主計にこれだけ秘密を探られては、彼の動きはこちらにとって黙視できないものとなった。いかなる手段に訴えても、彼をこのまま大手を振って江戸の街々に横行させるはならぬこと……諏訪、なにか思案はあるまいか」

「いかなる手段に訴えても……」

「いわでものこと」

「正面きっての相手でのうてもかまいませぬな」

「寝首をかこうと、毒を盛ろうと、卑怯未練といわれようと、手段はあえて選びはせぬ。彼をこのままにいたしては、みどもばかりか、後藤どの安藤どのにいたるまで、枕を高くして寝られぬのじゃ」

「それならば……みどもにも一つ思案がございます」

「思案とは……」

「いかなる勇者と申しましても、打ち物とっての業はともかく、女色に近づきましたなら、鋭い刃《やいば》もおのずから鈍ってまいるでございましょう。まして、早乙女主計めはまだ若年の身でもあり……」

「女か……うむ。そして、そのほう、いかなる餌を食わす気じゃ」

「されば……」

黒装束も膝を進めた。

3

その翌日。

早乙女主計は、喜びと悲しみの混じった複雑な心を抱いて、お富の家を訪ねていった。

「まあ、主計さま、お珍しい」

長火鉢の前で膝を崩して朱塗りの煙管《きせる》をもてあそんでいたお富が、驚いたように目を上げるのに、

「お富どの、上方へ参られたと聞いたが、その後お変わりはなかったか」

「ええ。おかげさまで、このようにぴんぴんいたしておりますとも。留守のあいだに、なんべんもお越しくださったそうで、申しわけありませんでしたねえ」

「いや、そのおことばには及ばぬこと。実は、それがし、きょうは折り入ってお富どのにお願いがあってまかり越した」

「まあ、仰々しい。そのようにお堅くなさいませんでも……」

「知らぬうちならともかくも、お富どのの素姓を知っては、当方も今までのように気軽に口はきけぬ」

「まあ、こんな女やくざをつかまえて、素姓や身元もございますまい。どこの生まれか知らぬ身の……それとも天下をねらいます平将門《たいらのまさかど》の娘、滝夜叉姫《たきやしやひめ》とでも……」

「いや、知らぬこととはいいながら、数々のご無礼はお許しくだされよ。後藤光暢どのの血をひくお富どの、世が世ならばと、それがしもいたく心を打たれてござる」

「わたくしが……後藤家の……ほっほっほ、主計さま、人をおなぶりなさるのもまあいい加減になさいまし」

「いや、もう隠されても由ないこと。御身の苦心は、ある大身のご当主から、主計親しく承った」

お富も今度は笑わなかった。漆黒の切れ長の目を輝かせて、

「そのご大身のご当主とは……どなたさまでございましょう」

「出雲松江に十八万六千石、松平斉貴公おじきじきのおことばでござった」

「斉貴さまからおじきじきに……」

座り直したお富の身からは、たちまち凛とした気品が漂ってくるように主計には思われてならなかった。

「いや、お富どの、おことばはそればかりではなかった。斉貴公はいたく御身の義心をめでて、是が非でも御身にひと目あいたいと。地獄屛風の半双も、場合によっては御身にとらせまいでもないとのおことばなのじゃ」

「地獄屛風の半双を！」

お富の目には歓喜の色がひらめいた。

「主計さま、それはまことでございますか。斉貴さまにはあの屛風の包む秘密をご存じで、そうおっしゃるのでございますか」

「武士のことばにはいつわりはない。お富どの、これで御身の宿願も半ばは達せられたであろう」

4

お富の目からは、はらはらと、真珠のような大粒の涙がいくつか散り落ちた。

「早乙女さま、ありがとう存じます。わたくしがこのようなやくざ稼業に身を落としましたのも、無実の罪にて世を去りました祖父の恥をそそぎますため、後藤家をふたたび興すためでございました……」

「そのことは、斉貴公におかせられても、いたく心を悩ましおられた」

「もったいない仰せでございます。わたくしはもう女のこと、ことにまたこうした泥水稼業に染んだ身の、どうあろうともいといませぬが、たった一人の兄だけは、どうあっても後藤の家を継がせて日の目にあわせたいと、それればかりが願いでございます」

「その兄御はどうしておられる」

「十八のときに家を出ましたきり、その後、消息もありませぬ。あるいは、鳥居後藤の一味のために、亡き者の数に入ったかともしれませぬが……やくざ姿で生きていた兄の姿を見たと申す者もございまして、それがわたくしのこの道に身を落としました一つの理由でもございました」

「それで、御身の願いというのは、後藤家再興だけで足りるのか」

「祖父は後藤三右衛門の陰謀によって斬首《ざんしゅ》に処せられました。父もまた、彼らの刃《やいば》にかかって、あえない最期をとげました。もはや後藤家正系の血をひきますものは、わたくししたち兄弟だけでございます……」

「なるほどのう」

「ただ、後藤三右衛門のかねがねねらっておりました金座後藤の秘宝といわれる地獄屏風と死人の銭は、彼らの手には渡らずに、そのまま残されたのでございます」

「して、その二品だけで秘密は解けるのか」

「いえいえ、後藤家の世子に代々、口から口へ伝えられます呪文のことば、このことばのなぞを解きまして、はじめてこの二品に隠されております秘密も解けまするとか……それにしましても、その呪文を知っておりますものは、もはやわたくしたち二人だけ。鳥居後藤の一味らが、手をかえ品をかえましてわたくしの口を割らせようとしますのも、わからぬことではございません」

——読めた、と主計は思わず心に叫んでいた。鳥居後藤の両奸雄が相携えて金座のなぞを解いたなら、黄金一万貫を手中におさめたら、その時こそ彼らの富は江戸幕府をも圧倒し、その勢力はもはや日本に抜くべからざるものとなる。それあればこそ、これなればこそ、彼らは、あらゆる手段を弄しても、この陰謀を企てたのだ。

「お富どの、して、その地獄屏風に秘められた黄金一万貫はどうなさる」

「わたくしは金などに目はくれておりませぬ。家の復興さえありましたら」

「それでは、必ずしも地獄屛風を手に入れる必要はないではないか。家の復興だけを望むなら、ほかにも手段はあるではないか」

「いえいえ、そうではございませぬ。あれを手に入れませんでは、家の復興はのぞめません。祖父光暢の無実の罪はそそがれません」

「なんといわれる――」

主計にもそれだけはまだうなずけなかった。

5

「主計さま、あなたさまも、もはやお聞き及びでございましょう。出雲家の中興の祖といわれます先々代の治郷さま――あのお方さまが出雲家の窮乏を立て直されましたのは、ただお一人の力と思っておられますか」

「それは存ぜぬ」

「治郷さまと光暢とは、ある理由から、至極の仲でございました。そのお困りを見るに見かねて、一度だけ祖父は宝庫の扉を開いたのでございます。そこから流れ出ましたいくばくかの黄金によりまして、出雲家の立て直しができたのでございます」

黄金一万貫といえば、時価にして三百万両はうわまわるほどの金額なのである。たとえその百分の一を割いたとしても、困窮を極めた松江家にはこの上もない救いの綱であったろう。

「それでは、いずこに隠されてあるかはしらぬが、御身の祖父の光暢どのには宝のありかを知っておられたのか。地獄屏風のなぞは、一度は解けたのか」

「さようでございます。いや、そればかりではございません。その前後から、後藤三右衛門親子は金座を乗っ取ろうとして、ある陰謀をたくらんでおりました。祖父光暢はその陰謀を気づいて二人を叱責し、二人も返すことばなく、わびを入れましたとか聞きまする。その時の証拠は、すべてそのありかを封ずるときに埋没したと聞きました。

だが、その後、後藤三右衛門は幕府の為政者と結託し、いちかばちかの大芝居を打って、光暢に自分の罪を着せました。証拠を手から放してしまった光暢は、申し開きが立ちませぬ。人を使わしてとなれば宝庫を開かねばならず、この一万貫を世に出せば、そこは相手の思う壺……ついに、無念の涙をのんで、刑場の露と消えたのでございます」

お富の過去を包む霧、金座と出雲家を結ぶなぞは、次第に解けてきた。これでは斉貴がお富の正体を知っていたのも無理はない。黄金一万貫にまつわる秘密を握っていることもすぐうなずけることであった。

「家断絶とともに、地獄屏風と死人の銭は、家に仕えておりました粕谷与右衛門という侍が、身命に換えても引き受けると誓って、持って立ちのきました。その後まもなく、家には彼らの手が入りましたが、この二品はついに彼らの手には渡りませんでした」

「粕谷……与右衛門。して、その侍はいかがいたした」

「かねて身知りの松平家に身を託し、三百石の知行を取る身となりましたが、わたくしたちは、浜野と申す乳母に連れられ、身をば隠しておりましたので、ついにこの二品は手に返らなかったのでございます」

「それでは、その与右衛門は……」

「後日、後藤三右衛門の手にかかり、最期をとげたと申します。その家は、もはや松平家にも絶えてしまったのでございます」

粕谷与右衛門……粕谷小四郎……この二人の名が、その時、主計の脳裏に浮かび上がった。

くしき運命のめぐりあわせといわばいえ、この小四郎は粕谷与右衛門の一子ではないか。その男が、いまは敵の陣営に身を投じて、お富や自分を倒そうと、必殺の魔剣を振るっているのではないか。いや、たしかに、それに違いはなかったのだ！

6

「お部屋さまに申し上げます」

次の間の敷居の向こうにひれ伏した老女の声に、楓の方は脇息《きようそく》にもたれかかっていた身を上げた。

「なんじゃ」

「新参のお女中のお目見えでございます」

「女中のお目見え？　名はなんという」

「菊と申します」

「物好きにのう。町家の娘の行儀見習いが望みなら、大名衆も数あろうに、選びも選んでご当家にご奉公などに上ろうとは……いずれは肌を汚されて泣きの涙を見ようものを」

「いえ、入れ墨をいたしおります女めで」

「なに、入れ墨をした女！」

そのかみの妖妓《ようぎ》小扇の面影をかすかに見せて、美しい柳眉をぴりりと震わせた楓の方は、

「これへと申せ」

「はい」

下手の襖《ふすま》がさっと開いて、平伏したのは女中姿に身を変えたまだら猫お菊であった。

「お菊と申すか」

「…………」

「お部屋さまのおことばでございますぞ、返事しや」

「はい、菊と申しますふつつか者、よろしくお願い申し上げます」

お菊は、畳に頭をすりつけて、虫も殺さぬ声で答えた。

「苦しゅうない。ちこう参れ」

「はい」

おそるおそる二、三歩膝行《しっこう》して、頭をふたたびさげたお菊に、高飛車に、

「そのほうは入れ墨をいたしおるそうじゃの。珍しい。どうして彫った」

「はい、わたくしはもとは武家の生まれでございますが、幼いときより事情があって町家に育てられまして、鳶《とび》の衆やいなせな職人衆などの入れ墨を見ておりますうちに、あきれいだな、自分の肌にもあのような絵がかいてあったらさぞうれしいだろうと、女心の一筋に、つい矢も盾もたまりかね、肌を汚してございます。

母にもないしょでございましたが、どうしてもいつまでも隠せるものではございません。見つかりまして、やせても枯れても武家の娘がなんと大それたことをと、きついおしかりを受けました。たった一人の娘のおまえに、御殿づとめをさせたいのが最後の望みと年とった母にかきくどかれますと、申しわけなかったとつい悔やまれてなりません。そのうちに、ご当家にてはお女中衆に入れ墨のある女ばかり集めておられると人のうわさに聞き及びまして、それではわたくしのようなものでもと申し出ましたところ、皆さまがたのお骨折りで、こうしてご奉公に上がったのでございます」

「して、入れ墨のその図柄は……」

「女のことでございますゆえ、武者物、脅し彫りはどうかと思い、背中に天女、両腕に

牡丹《ぼたん》の散らしを彫り込みました」

「脱いでみせい」

「はい……」

「恥ずかしがるには及ばぬこと。いずれは殿にお目にかけずばなるまい肌、わらわが先に検分いたす」

「ではごめんを……」

お菊が顔を上げたとき、さしもの妖女楓の方も思わずさっと色を変えた。

7

「ご家老、安藤内蔵之助さま御入り」

ひと声高く声があって、安藤内蔵之助が入ってきた。

「お部屋さま、なんぞ火急のご用でも」

「いかにも。そのほうどもは遠慮せい」

おそばの者を遠ざけて、静かにあたりを見まわすと、楓の方は声をひそめて、

「ねえ、おまえさん、たいへんな代物が舞い込んできたよ」

芸者時代の口調そのまま、鉄火なものの言い方だったが、内蔵之助は眉ひとつ動かしもせず、

「そのたいへんな代物とは」

「きょうお目見えに来たお菊という女中さ。白ばっくれて虫も殺さぬ顔をしているがねえ、これがたいへんな女なんだよ。まだら猫お菊というしたたかもの。大それた凶状持ちの姐御《あねご》なんだよ」

「まだら猫お菊が、当屋敷に——」

「知っているかい」

「存じておるが、おまえの方は……」

「わたしが芸者をしていたとき、ちらりと会ったことがあるのさ。あれがまだら猫お菊というたいへんな女だよ、とあとで聞いてわたしもびっくりしてしまったが、向こうはおそらく覚えちゃいまい。その女がどうしてこの屋敷に奉公などする気になったか……ひょっとしたら、町にいちゃあ詮議《せんぎ》の目もきびしいので」

「そうではあるまい」

内蔵之助のことばは厳しかった。

「それじゃあなんだい」

「あの女の連れそう相手と申すのは、先年大塩の乱のとき追及を破って逃れた篠原一角と申す浪人。なんで知ったか地獄屏風に目をつけて、その半双を海津屋から奪い取ったは、それがしもすでに聞き及ぶところであるが……」

「それじゃあ、あとの地獄屏風を」

「と思わねばなるまいが」

二人はしばらく黙りこんだ。

「それじゃあどうする。ばらすかい」

「いや——面白い。毒なればこそ、また毒として薬にまさる役もする。その正体を言いたてるのは、しばらく待った方がいい」

「なんだって」

「これを機会に、殿のお命を縮め奉り、地獄屏風を奪い去り、お菊を下手人に仕立てるのじゃ。凶状はあり、篠原一角との関係はあり、よもや逃れるすべはあるまい」

「うまい！」

思わず膝をたたいた楓の方は、はっと扇で口を押さえた。

「なるほど、そのほうは聞きしにまさる器量人、楓もほとほと感服いたした。そのほうのことばどおりにいたすであろう。よきにはからえ」

「はっ、恐れ入りましてございます」

安藤内蔵之助はさっと両手を前につかえて、

「その女は入れ墨をいたしておるか」

「腕の牡丹はたしか凶状の入れ墨を隠すため、背中の天女はここへ入りこみたいためのの急ごしらえさ」

安藤内蔵之助は大きく二、三度うなずいた。

「万事はてまえの胸にございます。お部屋さま、なにとぞご安心のほどを、てまえの命にかけましても……」

「頼みおくぞ」

「はっ」

二人は顔見合わせて微笑した。

8

「小四郎、小四郎！」

甲高く小四郎の名を呼ぶ声に、小姓姿の粕谷小四郎は鳥居甲斐の部屋の縁先に平伏した。

「殿、何かご用でございますか」

「うむ、新参に似合わぬそのほうの働きは、甲斐もほとほと感服いたした。褒めとらすぞ」

「そのおことばには恐れ入ります。過日も、せっかく早乙女主計を捕らえおきましたるに、みどものほんの手落ちからあのような失敗を演じまして、この腹を切っても追いつかぬ儀にございますが……」

「いや、そのことばには及びはせぬ。過ちはだれにもあること、みどもも深くとがめはすまい。だが、小四郎、今度こそその償いには絶好の機会——そのほうにひと骨折ってもらわねばすまないことが起こったのじゃ」

「なんなりと殿のお心のままに」

「よし。また一人そのほうに斬ってもらいたい男がある」

粕谷小四郎は眉毛一本動かさなかった。

「その相手はだれでございましょう」

「遠山左衛門尉景元」

「えっ、なんと仰せでございます」

甲斐がこうして暗殺の相手にあげた名が江戸北町奉行であるとは、さすがに小四郎も予期しなかったように見える。

「いや、その心配には及びはせぬ。いかになんでも、天下の北町奉行を斬れとは頼まぬ。一介の町のやくざを斬ればいいのだ」

「はっ」

「遠山左衛門尉は、若年にして無頼の徒に交わり、下情に通じおることをもってみずから誇りとしている。それだけならばまだしもだが、現在奉行の身をもってやくざ姿に身をやつし、江戸の市中に現れて、みずから事件の渦中に身を投ずると聞き及ぶ――

北町奉行が殺されてはこれは天下の一大事。だが、はしたなく遊俠《ゆうきょう》の徒が斬られても、自業自得というほかはない」

この言外に含まれた恐ろしい意味をくみとったのか、小四郎も紅を塗ったような唇にかすかな微笑を浮かべると、

「それでは、そのやくざの名前と住みかとを承りとうございます」

「下谷数寄屋町の一角に、文吉と申す若い男が住んでいる。全身に朱入りぼかしの桜の入れ墨をいたしておるところから、そのあたりでは人呼んで朱桜の文吉と申しおるが、これがなかなかの曲者で……」

「かしこまりました。小四郎、命にかけましても……」

小四郎は、かたわらの大刀を取り上げると、ぱちりと高く金打《きんちょう》した。

「そのかわり、今度の首尾によっては、すぐにもそのほうの望みをかなえとらすであろう。松江家江戸家老安藤どのとはそれがしも日ごろ格別の間でもあり、そのほう帰参の儀についても別段の計らいをいたしくれるよう頼みおく」

「はっ、ありがたき幸せにございます。いずれ今夜のうちにでも吉報をもたらして帰ってまいるでございましょう」

「やくざと申せ、文吉は心きいたる相手である。弱敵とあなどり、油断いたすなよ」

「はっ」

小四郎はていねいに平伏して立ち上がった。

9

その夜、ひそかに家を出て人魚のお富の家へと歩を運ぶ早乙女主計の心は、歓喜に燃えていた。

あの夜の客が北の同心曾根俊之輔の忍び姿とわかり、お富の素姓が知れたいま、彼の思いをさえぎるものはこの世に一つもないと見えた。

お富の心もいくらかは彼に傾いたかとみえる。金座のなぞが解けたなら、家の復興がなったなら、その時こそと思いながら、彼が歩みを進めたとき、

「お願い！　助けて！」

と、血を吐くような声とともに、向こうの路地からばたばたと一人の女が飛び出して、主計の胸にすがりついた。

「どうした。いかがなされたのじゃ」

「悪者に迫いかけられて、あれ！　あれに！」

女の指さす路地の中から、酒気を含んで現れた浪人らしい二、三人が、ばらばらと主計の前後に立ちふさがった。

「さあ、女、なにも取って食おうと申すわけではない。酒の酌だけしてまいれと、先ほどよりああ申すのがわからぬか」

「いや……いやでございます」

「何をつべこべ申しおる。武士が一言申したら、刀にかけても後にひけぬわ」

主計にもどうやら事の子細はのみこめてきた。

「お待ちなされ。いずこのお方が存ぜぬが、かくもいやがる女を無理に連れていこうとなされるは、少し無体ではござらぬか」

「なんだ。きさまはどこの家中か知らぬが、よくも邪魔だてしおったな。こうなったら、ぶった斬っても男の意地は通さねばこちらの気がすまぬ。おい、この侍をたたんでしまえ」

「よしきた！」

さっと三条の白刃が夜のやみを破って、冷たい光を放った。

「相手にいたすまでもないが、身にかかった火の粉は払わねばならぬ。行くぞ！」

主計もさっと腰にした大刀を抜いて正面の敵に一太刀浴びせたが、

「うわあーっ」

相手にならぬと思ったか、ちゃりんと一撃したと思うと、悲鳴を上げた三人は、刀をひいて一目散、もと来た方へ逃げ去った。

「口ほどもないやつらだな」

苦笑いした主計は、懐紙で刀をぬぐうと、ぱちりと鍔音《つばおと》高く鞘《さや》に納めて、まだがたがたと震えている女の方に視線を投げた。

夜目でしかとはわからぬが、三十前後、櫛巻きのこいきな身なりの女であった。

「さあ、もうこうなれば大丈夫、駕籠のあり場所まで送って進ぜる」

「ありがとう存じます。あいつらが刀を抜きましたときには、多勢に無勢、どうなるかと思っておりましたが、おかげさまで危ういところを助かりました。わたくしの家はすぐ近くでございますから、そこまで送っていただけませんか」

「すぐ近くか」

「ええ、もう二、三町のところで」

主計もしばらく考えていたが、ここで女を一人にしては仏作って魂入れずと思った

か、

「よし、それならば家までいっしょに送ってやろう。まさか、あいつらがいま一度出てくることもあるまいが……」

10

その夜おそく、下谷数寄屋町の文吉の長屋では、行燈を前に引き寄せた文吉が、園絵を前に、なにか小声でささやいていた。

「わかったか。そのように手はずを整えてまいったが、御身の方に異存はないな」

園絵は唇をきりりとかみしめて、能面のように無表情に答えた。

「わかっております。もはやわたくしは覚悟を決めております。どのようにもお心のままにあそばせ」

「それでは、明日、その家にいったん落ちついて、仮親をきめて、松江家にご奉公に上がるのだ。それからのことは、この景元が万事心にあることとゆえ、決して悪くははからうまい。事成就の暁には、みどもが仲人をあいつとめて、高砂の一つも謡ってとらせよう」

「はい……」

さすがに顔を赤らめて園絵がうつむいたときである。文吉はたちまちさっと顔色を変えて、戸外に聞き耳立てた。

「どう……なさいました」

「人が……歩いている」

「人が……」

「ただの者なら驚きはせぬが、あの足音はよほどの心得ある侍、しかも殺気を帯びた足どり……さては来たか」

「遠山さま」

「園絵どの、大したことはあるまいが、そばで怪我などしてはつまらぬ。その押入に入っておられよ」

「いえいえ、園絵も武士の娘、身を守る術は心得ておりまする」

「ならぬ！」

文吉は、さっと押入の襖を開くと、浅黄木綿の風呂敷きをするりとほどいて、一腰の長刀を取り出した。

「園絵どの、それ、そこに!」

かっと目釘を湿すやいなや、文吉は園絵の体を突き飛ばし、ぴしゃりと押入の戸を閉めて、行燈の火を吹き消した。

一時はたえた虫の音もふたたび草間にすだき始め、雲間を漏れた月影がこの長屋の前にたたずんでいるお小姓の姿を静かに照らし出した。

雨戸一枚へだてた路地の片隅に、不思議な笑いを口もとに浮かべて立った粕谷小四郎だったのである。

必殺の気合いを心に秘めているのか、彼は動こうともしない。

ただぽきぽきと両手の指を鳴らす音が、夏の夜の静寂を破って響いていた。

目に見えぬ敵に対する備えであろう。

だが、その時、同じ路地の入り口で静かに彼の動きを見守っていた黒覆面の侍は、彼と同じく鳥居甲斐守の秘命を受ける悪人たちの一人だろうか。それともまた、粕谷小四郎自身でさえもその存在に気づいていない秘密の人物だったのか。

青竜白虎

1

やみにうごめく白蛇のように殺気を後にひきながら、粕谷小四郎は文吉の家に近づいていった。

「ごめん。ごめん。文吉どのは在宅か」

「はい、文吉はてまえどもでございますが、どちらさまで……」

家の雨戸の中からは、文吉の答える声が聞こえてきた。

「雲州浪人、粕谷小四郎と申す者。夜分、火急の要件で、失礼ながら推参いたしました。文吉どのに御意を得たい」

「なに……粕谷小四郎！」

文吉の声の調子はがらりと変わった。

「はい、ただいま、ただいま表を開けますから」

やがて、玄関の格子を開けて、文吉は燭台を片手に、小四郎の前に姿を現した。

「文吉どのか」

「粕谷さまで……」

「実は、突然のことながら、そのほうにみどもと同行してもらいたい」

「どちらまで……なんのご用で」

「そのほうは人魚のお富と申す女を存じておろう」

「ああ、お富姐さんでございますか。そりゃあ、当今、江戸の市中でも、一といって二とは下らぬ大姐御、こちとらのようなかけ出しの三下野郎とはちっとばっかし貫禄も出来もちがっておりますが」

「そのお富どのが、そのほうに会いたいと申しておられるのだ。是が非でも、引き合わせたい人があるゆえ、みどもといっしょにこれより参ってほしいとのことばであった」

「へえ、お富姐さんがてまえにね」

「疑わしくばこれを見よ。これが何よりの証拠であると、お富はみどもに申しおったが……」

小四郎は、静かな笑いを浮かべながら、右の手を文吉の前にぱっと開いた。

「あっ、死人の銭！」

文吉も思わずさっと顔色を変えた。

「そのとおり。死人の銭の最後の一枚。これをこうして持参したからには、もはやそのほうもみどもの正体にはなんの疑いも持たぬであろう」

「なるほど、こいつはほかの四枚のような偽物じゃあねえや。たしかにこれだ。金座後藤のなぞを解く……」

「なんと！」

「いえ、なあにね、こっちのひとりごとでさあ。よござんす、お富姐さんがかねがねこの一品を命がけで探しておられたということは、わっしもうわさに聞いちゃおりやす。それをこうしてお持ちになったあなたさまを疑っちゃ申しわけがありやせん。それじゃあお供いたしやしょう」

「参るか」

「ただいまお供いたします。ただ、ちょっと支度もございますから、しばらく外でお待ちなすって」

小四郎は静かに表へ引っ返した。

2

「遠山さま……」

なまめかしい体臭とともに、かすかな園絵のささやきがやみの中から漂ってきた。

「園絵どの、心配無用。相手の正体は知れ申した」

「おいでになるのでございますか」

「参る。死人の銭の最後の一枚がこうして目の前に現れては、よもや見逃しもなるまいて」

「でも……あなたさまにはあの男の恐ろしさをご存じないのでございます。ほんとうに恐ろしい悪魔か鬼のような男……たしかに鳥居甲斐の一味、わたくしがあの地下室へ閉じ込められたときも、毎日あらわれまして、わたくしを責めさいなみました……。

今夜の迎えも偽迎い。死人の銭の一枚を餌に殿をばおびき出し、危害を加えようとするはかりごとにちがいありませぬ」

「存じておる。あのような口上にあざむかれるようなそれがしだと思うか——身を捨ててこそ浮かぶ瀬もあれ。それがしには一つの策が残っている。たとえ相手が鬼神なりとも、めったに後れはとりはすまい」

「それはそうでございましょうが、大事の御身でございます。万一のことがありましては、それこそ取り返しもつきませぬ」

「園絵どの、いうな。あまりに時が移る……それがしを信じておればよいのだ。いざとなったら、一刀の下に斬り捨て帰るまで……よもやそのようなこともあるまい」

「遠山さま」

「では、参るぞ」

文吉の身にすがりついて必死に引き止めようとする園絵の体を振り切って、彼はなにかどっしりと重い包みを懐中に、小腰をかがめて表に出た。

「へい、お待ちどおさま。行き先は遠うござんすか」

「いや、なに、近くだ。歩いてまいろう」

「それじゃあ、お供いたします」

ぴたぴたと麻裏草履の音を道路に響かせて、文吉はたえず小四郎の右の後に従っていた。

「そのほう、やるな」

しずかに相手は声をかけた。

「やると申しますと」

「剣術のたしなみがあると申したのじゃ」

「へっへっへ、ご冗談でございましょう。そりゃあ、やくざ稼業の悲しさに、見よう見まねのうろ覚え、棒ちぎれを振りまわしたことはございますが、お武家さまがたのように師匠についたわけじゃなし、何流の彼流《かにりゅう》のと、それはとんでもねえことで……」

「隠すなよ、この小四郎の目は節穴とは違うぞ」

「それはどうして」

「文吉という名に正体は包んでおっても……それがしがそのほうの本性も知らずにおると思うのか」

ところは上野《うえの》不忍池《しのばずのいけ》のほとりであった。池を埋めた白蓮の花から、ほのぼのとしたにおいが岸に漂ってくる。だが、この二人のあいだには、いま息づまるようなにらみあいが続いていた。

「粕谷小四郎——そのほうはなにゆえ江戸に現れた」

文吉の態度も今は変わっていた。

「なにゆえとは」

腰の大刀に手を掛けて、するどく小四郎は問い返した。

「早まるな。早まるなよ。いまそのほうがその刀を抜いては、もう取り返しもつかぬぞよ」

「遠山左衛門尉ともあろう者がそれがしの剣に恐れをなしたのか」

「そうではない。ただ一言、わしのことばを聞いておけ」

「この世の名残に言い残すか」

「青竜白虎《せいりゆうびやつこ》を襲うべからず……」

「あっ！」

低い叫びが、突如、小四郎の口から漏れた。

3

二人からやや離れた茶屋のすだれの陰には、一人の黒装束が立っていた。

先刻、粕谷小四郎を背後から見守っていたあの侍が、いままたここに現れたのだ。

「遅いのう。時もころあい、場所も上々、なにも手数をかけるには及ぶまいに……」

こうつぶやいた一声は、たしかに鳥居甲斐のよう。宿敵遠山左衛門尉が小四郎の手に倒されるのを見とどけようと跡をつけたのか。黒覆面の間からのぞいて見える眼は炎のように爛々《らんらん》と夜目にもしるく輝いていた。

だが、その時——

顔と顔とをすり合わせるほど身を寄せて立ち話を続けていた二人の体が、ぱっと離れた。

「おのれ！　覚悟！」

大上段に振りかぶった小四郎の太刀が、やみに紫電の光芒《こうぼう》を残して、文吉の頭上に落ちた。

「やったか！」

手に汗にぎって身を乗り出した甲斐の眼には、危うく身をかわした文吉の姿が映った。

つづいて二の太刀、三の太刀、右に左に襲いかかる小四郎の剣を軽くはずして、文吉はひらりとその身を翻し、背後のやみに姿を消した。

「待て！　待て！」

血を吐くような叫びとともに大刀片手に跡を追う小四郎の姿もやみに包まれて、あとには蛙の鳴き声と夏の夜風にそよいでいる無数の白蓮の波だけが、この場に残されていたのだった。

一瞬前の剣の音もどこかへ忘れ去られたよう、平和な池の夜景である。

「仕損じたか」

甲斐もばりばりと歯ぎしりした。

「心きいたる者と思ったばかりに、小四郎をただ一人にて使わしたのが不覚であった……やむをえまい。遠山左衛門尉の天命も、まだ尽きないものであろう。いずれは時を待つまでか」

さすがに奸雄とうたわれる鳥居甲斐のこと、この失敗もさまで心にかける様子もなかった。

ぱちりとかるく白扇を鳴らして、彼はゆうゆうとその場を立ち去っていったのである。

「殿、どういたします。遠山めに追い討ちをかけましょうか」

二人三人、かたわらの木立の陰から現れた侍たちが、鳥居のそばに駆け寄ってきた。

「もう遅い。長追いしてはこちらのためにもならぬ。小四郎でさえ仕損じたくらいなら、そのほうたちの手にも及びはせぬことだ……」

甲斐は不機嫌そうに答えた。

4

黒板塀に見返りの松、どこかの妾宅を思わせる女の家の二階で、早乙女主計は杯を重ねていた。

「ねえ、旦那さま、早乙女主計さまとかおっしゃいましたね。さあ、もう一つ、いかがでございます」

女はあだっぽい流し目で主計の方をじろりとにらむと、そばの銚子を取り上げた。

「もういい、もう結構。これは思わぬちそうになった。たかがあれしきのことぐらいで、このように面倒をかけては、まったく申しわけない。さあ、立ち帰るといたそうか」

「でも、夜ももう遅うございますし、これから四谷のお屋敷までは、道もだいぶ遠うございます。無理にお引き止めはいたしませんが、こんなむさ苦しいところでよろしゅうございましたら、お泊まりになってくださいまし」

「はっはっは。男女七歳にして席を同じうせずとやら。それがしなどが泊まっては、おぬしに迷惑がかかりはせぬか」

「なんの迷惑でございましょう。あなたさまのような殿御とならば、浮き名もうけも味なもの。女と生まれた冥加には、一生とまで申さぬでも、せめて一夜なりとも楽しい夢を見て過ごしとうございます」

酔いにまぎれていくらかはからかいぎみになっていた主計も、ここまでいわれては、事の重大さを悟った。

「許せ。みどもは立ち帰るぞ」

「わたしがお嫌でございますか。さだめてお宅ではおきれいなお方がお待ちでございましょう。お引き止めいたして悪うござんしたこと」

立て膝のまま、つんと顔をそむけたこの女は、両の袂に大刀を抱いて離しもしなかった。

「無理を申すな。今夜のところはどうにもならぬ。いずれそのうち、あらためて参るであろう」

「ほんにお口がお上手な。その手この手でこれまでも何人も女をお泣かせになりましたか……だれでもだまされそうなおことば。でも、わたくしはその手にのりはいたしませぬ」

刀をとっては百万の敵も恐れぬ主計であったが、こうして色がらみでからめ手から押し寄せられては、返すことばも知らなかった。

「たのむ。今夜のところは帰してくれ。そのほうもあまりといえば聞き分けがない。押しつけがましくいうのではないが、今夜そのほうを悪侍の手から救ってとらせたのも、少しは思い出してくれ」

「だからこそ申すのでございます。強いばかりが殿御の役ではございませぬ。女の気持ちというものも、少しは察してくださいまし」

女は目じりに涙の露さえ浮かべていた。

「そのほうの好意はすまぬと思う。だが、今夜だけは帰してくれ」

さっと女の手から大刀を抜き取ると、主計は部屋を去ろうとした。

「まあ、これほどに申し上げても……」

女は恨めしそうに主計を見上げたが、

「それではこうしてくださいまし。いま一本、熱いお銚子をつけてまいります。それをお飲みになった上で、ご機嫌よくお帰りになりましては……」

「それでは、それだけちそうになろう」

「お待ちくださいましね」

女はとんとんと階段を降りた。

5

「お糸、どうした。主計を口説き落としたか」

階段を降りてきた女の肩を捕まえて尋ねた男がある。目の鋭い赤銅色の顔の男、たしかに一時行方をくらましていた八兵衛だった。

「それがねえ、おまえさん」

と声をひそめて、二階の方を振り返りながら、

「どうしても帰るといって聞かないんだよ。あたしがこれだけ口説いても、朴念仁《ぼくねんじん》というやつはほんとうにしかたがありゃしないね」

「それで……」

「まあ、どっちにせよ同じことだがねえ。もう一本だけ酒を飲んで気持ちよくお帰んなさいといっといたよ。これに南蛮渡りの毒を仕込んでおきさえすれば、血へどを吐いて七転八倒、鳥居の御前も、おまえさんも、一つやっかいものが減るというわけさ」

「大丈夫か」

「そりゃあ、だんびら抜いての切ったはったは男にゃかないやしないけれど、毒を盛るなんてえのは昔から女と相場がきまってるからあね」

「ことにおまえは、心にも口にも毒を持ってるからな」

「みんなおまえさんのお仕込みでね」

女は、さっきの涙も忘れたように、にたりと不気味な笑いを浮かべた。

さては、今夜の騒ぎというのも、みんなこの女の芝居だったたか。討ち物とっては面倒と、義に厚く情にはもろい早乙女主計をからめ手の方から攻め落とし、陰険な毒を用い

てその命を断とうとしたにちがいない。

外面如菩薩《によぼさつ》、内面如夜叉《によやしや》と、仏の教えをひかずとも、鳥居の腹心八兵衛とこの女との関係もほぼ推察がつくのだった。

なれた手つきで銅壺《どうこ》の中の銚子を抜くと、ちょっと手で底を押さえて、女は袂の中から取り出したひと包みの粉薬をさらさらとその中に落としこんだ。

「今晩は小四郎さんが遠山を斬っているはずだし、これでこの毒さえうまく飲んでくれりゃあ、御前もご安心というもんだが……」

ひとり言のように八兵衛がつぶやくのに、

「おまえさん、なんだね、男のくせに度胸がない。そこは細工は粒々だよ」

ぽんと胸をたたいて八兵衛に笑いかけると、女はとんとんと階段を上った。

「主計さま、たいへん遅くなりましたわね。さぞお待ちかねでございましょう」

たちまち女はこぼれんばかりのしなを作って、襖をがらりと引き開けたが、

「あっ！」

低い叫びを立てたかと思うと、毒酒の銚子はその手から転がり落ちた。

こくこくこくと音をたて、黄金色の液体はむなしく畳に吸い込まれた。

「おまえさん、た、た……たいへんだ！　野郎がどこかへ逃げやがった」

階段の上から、女は血を吐くように叫び立てた。

「なんだ！　主計が逃げやがった！」

おっとり刀で八兵衛も二階へあわてて駆けのぼったが、座布団の上には人影もなく、雨戸の開いた窓にはすだれがむなしく夜の風にそよいで、二人をあざわらっているようだった。

「しまった！　野郎、気づいたか！」

6

主計の命を救ったのは、今度もまぼろし小僧であった。酔いを夜風になぶらせながら、女の上がってくるのを待って主計が窓に腰かけたとき、ばさりと音を立てて、一通の文つぶてが、この部屋の中に投げ込まれた。
〈早乙女主計さま
この家は鳥居の一味の巣窟にて、御身の命を縮めようと、種々の企てあるはずなり。

まぼろしより〉

至急、脱出相成りたく。

「さては鳥居の……はかりごとか！」

大刀片手に、早乙女主計も血相変えていきりたった。

まず第一に女を血祭り、死人の山を築いてくれんとも思ったが……。

「待て。刀を抜くのはいとやすい。だが、これを機会に、まぼろし小僧の正体を突き止めるのが先決ではないか」

と思い返して外をうかがうと、黒板塀の上に身をはりつけて、じっとこちらをうかがっている一人の黒装束の男がある。

「まぼろしか！」

「主計さま。早く！」

もはや、猶予はならなかった。両刀を腰にたばさんで、主計は窓から屋根に出た。松の大枝を伝わって、武芸で鍛えた身の軽さに難なく塀を乗り越えると、そこから道へ飛び降りた。

「主計さま、さあ、お草履をおはきになって、早くここから参りましょう。追っ手がかかりましたなら、とかくうるそうございます」

「まぼろしどの、そのほうにはそれがしも何度となく危ういところを助けられた。かたじけない。礼を申すぞ」

「なんの、お礼には及びやせん。さあ、くわしい話は後のこと。一刻も早く参りましょう」

足音を忍ばせながら、飛ぶように二人はその場から離れた。幸いにそのあとを迫う影もない。二、三町ほど離れた古寺のそばへ来たとき、まぼろし小僧は足を止めた。

「主計さま、あなたさまもお若いことゆえ、強く申しはいたしませんが、女にはお気をつけなさいまし。刀をとって斬りかかるばかりが敵じゃありませんぜ」

「恐れ入った。悪侍に囲まれて酌をさせられようとしていた女をふびんと思ったがこの身の不覚。だが、あれが芝居であったのかのう」

「よくある手でさあ」

「それで、そのほう、いかにしてみどもの今夜の危急を知った」

「それはここではいえやせん。ただ、ある人の口から漏れたと——それだけ申しておきやしょう」

「それでは、鳥居の一味にも、二心をいだく者があるのか」

「人間の心というものはいろいろでね」

主計にはいま一つ大きな疑問が残っていた。まぼろし小僧、その正体も知りたいが、それは容易に明かしはすまい。また、尋ねるべきことでもない。だが、これだけは、いかにもして……。

「それでは、園絵どのの身は。あの古屋敷の地下室から、そのほうはどこへ園絵どのを連れ去ったのじゃ」

「なるほどご心配でござんしょうね。だが、あんまりお気をもまれますな。園絵さまのお体は、どこより確かな場所にちゃんとお預けしてございます」

7

「その場所とは……」

主計はするどく迫及した。

「下谷数寄屋町に住む文吉と申すやくざのもとに……」

「やくざか…　大事の園絵どのをそのようなところに預けて、それで確かと申すのか」

「ただのやくざじゃありません。その正体を知ったなら、あなたさまもさぞ驚かれますでござんしょう」

主計にはふと思い当たることがあった。

「よし、その正体まで問いはすまい。だが、園絵どのには家へ帰る気はないのだろうか」

「それはご無理と申すもの」

「どうして無理だ」

「武家の娘と生まれた身があゝいう体になりましては、いまさらのめのめ大手を振って家へ戻れるものでございますか」

「それでは、これからどうする気だ……」

まぼろし小僧も思わず暗澹としてうつむいた。

「あの方もお気の毒な身でござんすねえ。もうこの世には、たよりとなるのは主計さま、あなたのほかにはありませぬ」

「…………」

「一時は自害の心をも決めましたようでございますが、遠……いや、文吉にいさめられ、出雲屋敷へご奉公に上がる決心をしたらしい」

「なに……出雲屋敷へ！」

「あなたの御身を救うため。斉貴さまのご秘蔵の地獄屏風の秘密を探るため……」

「しまった！　もはやご奉公に上がったのか」

「いえ、あすにでも仮親を決めてのことでございましょう」

「その必要はなかったのだ……」

「なんとおっしゃいます」

「斉貴公には、危ういところを、それがし先日お助け申した。そのよしみをもってお富どのとの談合の道も開けてまいったのだ。斉貴公とお富どのとが手を握れば、もはや残された秘密の鍵は死人の銭のほかにはない。青竜鬼とは何者なのじゃ」

覆面に顔は見えぬが、この一言には驚いたのか、まぼろし小僧は思わず二、三歩後じさりした。

「主計さま、どうしてそれを……」

「道玄坂の黒観音で、浜野どのにあてたそのほうの文を見た。地獄谷とはどこなのか。

青竜鬼とは何者だ。死人の銭をその手から取り返す方法はありはせぬのか」

まぼろし小僧は答えなかった。ただ、その肩は呼吸とともに何度も大きく震えていた。

「青竜鬼……それは恐ろしい男でございます。その正体は申せませぬ。だが、これだけは申しましょう。

斉藤弥九郎道場の白虎《びゃっこ》といわれるあなたさまでも、正面きっての勝負では勝つとは断言できぬ使い手。しかも、その知謀にかけては、あなたさまでは及びもつかぬ……」

「なんだと!」

「その青竜鬼はいま江戸に参っておりまする。おそらく、あなたも二度三度、顔を合わせたこともあるはず……では、ご用心なさいませ」

とどめる暇もあらばこそ、まぼろし小僧は地をけって寺の土塀を乗り越えると、たちまちやみに姿を消した。

一場の悪夢のさめたあとのよう、主計はその場にただ呆然と立ちつくした。

8

――まだお帰りにはならないのかしら。まさか、遠山さまともあろうお方が、おめおめと相手の刃にかかることもあるまいけれど、いったいどうあそばしたのだろう。

下谷数寄屋町の文吉の住まいでは、園絵が一刻千秋の思いで帰りを待ちわびていた。

恋ではない――恋する相手は、早乙女主計のほかにはなかった。ただ、今となっては、文吉はたった一人のたよりであった。彼が遠山左衛門尉の仮の姿と知ったときから、絶望の底に沈んでいた園絵にも、何かの希望がわいて出た。

――もうお出かけになって小半刻《こはんとき》（三十分）、いや、半刻（一時間）近くになるかしら。そんなに遠くにおいでなさるはずはあるまいに……。

と思いながら、燈芯の灯をかきたてたとき、とんとんと表の戸をたたく低い音が聞こえてきた。

「文吉さま、ようお帰りでございます。わたくしも心配しておりました」

と、相手には聞こえぬことばをつぶやきながら、なんの疑いもなく、園絵は表の戸をあけた。

「あっ！」

その瞬間、園絵は燭台を落として、その場によろめいた。

文吉が帰ってきたと思ったのに、表に立っていた男は、白紋付き着流しの篠原一角ではなかったか。

「園絵か。珍しいところで会ったな」

長曾禰虎徹を右の手に、篠原一角は大口あいて笑っていた。

「あなたは……あなたは、どうしてこれへ」

「文吉はいるか。文吉に会おう」

今夜の篠原一角は、あやしいまでの凄気《せいき》を帯びて迫ってきた。文吉と差し違えようとしているのではないかと、園絵もはっとしたほどの殺気が一身にみなぎっていた。

「なりませぬ。奥へお通しはなりませぬ」

「えい、邪魔だてするな！」

どーっと園絵を突き飛ばすと、一角は、大刀片手に、さっと奥へ飛びこんだ。

そのすきに、土間に倒れた園絵はぱっと飛び上がった。

「火事だ！　火事です！　長屋の皆さん、火事ですよッ！」

血を吐くような叫びを上げて、園絵は外へ走り出た。

「おのれッ！」

背後から襟をつかんで引き戻すような怒号が聞こえてきたが、それを気にとめるほどの余裕も今はなく、園絵は路地を走りに走った。

「なんだ、火事だ！」

と口々に叫んで飛び出してくる長屋の人々は、血相かえて駆けていく大刀さげた侍に、腰を抜かして逃げ隠れた。

「あいつはなんだ！」

「つけ火だぜ。ちょっと番所へ駆けつけなよ」

「あい、合点だ！」

鳶《とび》の松吉が小走りに尻をからげて走りだしてまもなく、十手捕り縄の御用役人の一隊が、急を聞いてこの場に駆けつけてきた。

「つけ火はどこだ」

「それが、火の手は見えねえんで」

「ばかな人騒がせはよしにしろ。だが、その侍はどうしたんだ」

「行き先までは知りませんが、たしかにここから飛び出しましたぜ」

羽織袴の同心の前に、松吉が文吉の家を指さした。

9

どこをどうして走りつづけたのか——園絵は覚えていなかった。

ただ、あの恐ろしい篠原一角の手を逃れたいばかり。だれかに見とがめられて、家に連れ戻しはされぬかという心から、足も地にはつかないほどの勢いでここまで逃げてきたのだった。

そこは隅田の川岸である。目の前には黒い川水が音もなく延々として続いていた。

ほっと大きくひと息ついて園絵は川を眺めていた。身も世もあらぬ思いであった。

——これからどうすればいいのだろう。主計さまも、遠山さまも、どうなったか今はわからない。自分は、これから、この身をどうすればいいのだろう。

武家に生まれて、勝ち気で通った園絵の目にも、いまは止めどもなく熱い涙がわいて出た。どんなに意地を張ってみても、女はしょせん女であった。

だが、その時、音もなく園絵の後ろに現れた一人の黒い影がある。

「園絵どの、どこへおいでじゃ」

「あっ、おまえは！」

後ろを振り返った園絵も慄然とした。あのとき浅草観世音の境内に現れて、自分の行く手に迫っている暗い運命を暗示した気違いばばあが、またしても今この川岸に現れたのだ。

「ひょんなところでお目にかかりましたのう」

女は烏《からす》のようなしわがれ声でつぶやいた。

「武家の息女とあろう身が、こんな夜更けにただ一人、供も連れずに隅田の岸にたたずむとは……さては地獄の使いがやって来やったか」

「やめて！」

「いや、やめませぬ。このばばあは、あなたの行く末が心配なりゃこそ、こうして憎まれ口もきく。だから、いわないことではない。早乙女主計のことだけは、ぷっつり思い切りなされ。そして、お家へお帰りなされ」

「あきらめませせぬ。帰りませせぬ！」

両手で顔を押さえながら、園絵は血を吐くように叫んだ。

「むだなことじゃ。おまえがどのように思っても、主計はもはやおまえのものではない……その心は、とうにおまえを離れている……」

「なんですって！」

「人魚のお富という女——いや、金座後藤の末孫の世に残された一人の女。やくざ稼業に身は落としているとはいえ、由緒正しいこの女と主計は恋におちたのじゃ。そのためにこそ、彼はこの世の地獄の責め苦を日夜味わわねばならぬ。悪鬼の群れにさいなまれ、命をかけて戦っている……」

「人魚のお富——」

はじめて知った恋仇《こいがたき》の名に、園絵はわれを忘れていた。

「それなればこそ、おまえの恋はかなわぬわ。地獄へ落ちるのがいやなら、ここから家へ帰りなされ」

「主計さま……」

もはやこの責め苦には耐えるすべとてなかったのか。園絵は、とたんに身を躍らせて、隅田の川に身を投じた。

10

川口に近い隅田の流れにゆらりゆらりとゆらいでいる一艘《いっそう》の屋形舟が見える。灯も暗く、人もまばらに、弦歌の音も聞こえてこない。

夜釣りの客かと見れば、決してそうではない。ただ、屈強の侍が刀の柄に手をかけて、船べりに二人三人と身をひそませているところから察すれば、だれか大身の侍の微行か、それとも秘密の客と人を避けての密議かと思われた。

「あっ、あれは！」

船端にたたずんでいた侍の口から、低い叫びが漏れた。

「水死人！　女の体が流れている！」

「なに！　女の水死人！」

すだれをかかげて船端に現れたのは、たれあろう、松江十八万六千石、松平斉貴公にちがいなかった。

「舟を進めよ。あれなる女を救い上げい」

「はっ」

たちまち、艪を漕ぐ音も高く、舟はくるりと向きを変えて流れのまにまに漂っている女の体に近づいていった。

「提燈《ちょうちん》を！　灯を！」

袖をたくし上げた一人の侍が船端にひざまずいて、女の体を舟にかかえ上げた。

「殿、まだ死んではおりませぬ。覚悟の入水かどうかは存じませぬが、これならばまもなく息を吹き返すかと存じます」

「それでは手当してとらせよ」

「はっ、ごめんを」

しばらくためらっていたものの、息を吹き返させるためには、ぬれた着物をそのままにしておくわけにもいかなかった。

侍の武骨な節くれだった手は、人魚のように横たわっている女の体の上を動いて、帯から着物、長襦袢と、次から次へはぎとっていった。

「殿！　これは思いもかけぬこと……」

「どうしたのじゃ」

「この女は入れ墨をいたしております」

「なに！」

手燭《てしょく》をかかげて、斉貴は、ものもいわずに、横たわる女の体をのぞきこんだ。

身を覆うものはいまはただ一つ、燃えんばかりの腰のもの。冷えきって青ざめきった白裸の上半身の腕には、青くいっそう色あざやかな墨のあとが残っている。

「背を見せよ」

「はっ」

侍はぐっと女の体を抱き起こした。

「地獄変相図……地獄屏風のいま半双、どうしてこの女が入れ墨をいたしたのか」

斉貴の声は苦悶に近かった。

「笠岡、どうあっても、この女の息をとり戻せ。絶対にこのまま殺すことはならぬぞ。これは何かの秘密を握っている女……思わぬ夜釣りとなったのう」

斉貴の目は、食い入るように女の背から離れなかった。

本作品中に差別的ともとられかねない表現が見られますが、著者がすでに故人であることと作品の文学性・芸術性に鑑み、原文のままとしました。

（春陽堂書店編集部）

春陽文庫

妖説地獄谷《ようせつじごくだに》　上巻《じようかん》

2023年4月20日　新版改訂版第1刷　発行

著者　高木彬光
発行者　伊藤良則
発行所　株式会社 春陽堂書店
〒一〇四―〇〇六一
東京都中央区銀座三―一〇―九
KEC銀座ビル
電話〇三（六二六四）〇八五五（代）
印刷・製本　ラン印刷社

ISBN978-4-394-90439-7 C0193